백의 자리, 천의 자리로 나아가는 시작점이 '일의 자리'인 것처럼,
우리가 사는 사회를 구성하는 기초 단위는 일자리입니다. 발코니
출판사 〈일의 자리〉 시리즈는 세상을 더 크게 만들 당신의 모든
일자리를 다룹니다.

〈일의 자리〉는 영리 단체와 비영리 단체, 소득이 있는 일과 없는
일, 명함이 발급되는 일자리와 스스로가 브랜드인 일자리 등
경계를 두지 않습니다. 각자의 자리에서 각자의 몫을 다하는
사람이라면 누구든 '일하는 사람'입니다. 〈일의 자리〉는 결국 우리
모두의 이야기입니다.

열심히 사랑하게끔 하는 사람들에게

겨울의 끝 무렵에 이탈리아에서 한국으로 휴가를 왔고, 코로나19 때문에 일터로 복귀하지 못했습니다. 이후 무엇을 좋아하는지에 대한 확신도 없으면서, 좋아하지 않는 것은 하지 않기로 결심했습니다.

그러다 점점 여름이 다가왔습니다. 여름을 좋아합니다. 비가 많이 내리는 장마철도 좋고, 숨이 막힐 정도의 무더위도 좋습니다. 그런 여름의 어느 날, 친구에게 책을 선물하러 가는데 문득 설레기 시작했습니다. 이 설렘을 스쳐 보내고 싶지 않았습니다. 그래서 여름이 물러가기 전, 제 이름을 넣은 '무늬책방'을 열었습니다.

한국으로 돌아온 후 첫 겨울을 책방에서 맞이했습니다. 이전에는 움츠러들기만 했던 계절이지만, 1월 어느 날의 일기에 이런 문장이 적혀있습니다.

"책방을 열고 벅차오르는 순간이 계속된다. 나보고 열심히
살라고 하지 않고, 열심히 사랑하게끔 하는 사람들이 많다."

사랑하게끔 하는 사람들 덕분에 무사히 겨울을 보냈습니다.
푸릇한 봄을 마주하고, 뜨거운 여름도 났습니다. 1주년을
기념하고 나니 다시, 겨울이 됐습니다. 포근함을 알게 해주는
추위에 감사하고 있습니다. 다음 계절이 기대됩니다. 책방을 열고
기다리는 것이 많아졌습니다. 바라는 것이 많아졌습니다.

이런 마음을 갖게 된 나날들을 기록했습니다. 책으로
만들기로 결정해 주신 출판사에 감사드리고, 오늘도 책방에
발걸음 해주시는 손님들이 행복하기를 바랍니다.

무늬책방이라는 공간이 누군가의 시간 속에 다정하게 자리
잡았으면 좋겠습니다. 무엇보다, 좋아하는 것을 일로 만든 사람의
이야기가 여러분을 위로해줄 수 있길 바라봅니다.

2021년 겨울, 무늬책방에서

1. 책방의 시작

2. 책방의 오늘

3. 책방의 내일

4. 무늬책방 시즌2   149

추천의 말

어느 순간부터 나도 알았다. 내가 행복해지기 위해서는 스스로 판단을 내리고 결정해서 움직여야 한다. 어디에 속한 누군가가 아니라, 어떤 일을 하는 누군가가 되고 싶다. 지금의 나를 대표할 수 있는 것은 나뿐이다. 취업이 아니라 창업을 할 때였다.

1. 책방의 시작

첫 휴가에 사라진 직장

2020년 2월 18일 이탈리아 로마에서 한국으로 돌아왔다. 여행
가이드로 일을 시작해서 1년만에 첫 휴가를 받아 돌아온 것이다.
인천공항에 도착하니 2월 19일이었다. 날짜를 정확히 기억하는
이유가 있다.

　　오후 2시. 인천공항에서 안산시외버스터미널로 가는
공항버스를 탔다. 겨울인데도 버스 안은 겉옷을 벗어야 할 정도로
더웠다. 오랜만에 느끼는 한국의 과한 난방조차 반가웠다. 버스
라디오에서 뉴스가 들렸다. 라디오에서 모국어를 듣는 것도
역시나 1년 만이었다. 모국어는 발화자의 속도와 어조, 톤 따위를
통해 상황을 짐작할 수 있다. 외국에서는 절대 느낄 수 없는
쉽고 풍부한 듣기다. 반가운 마음으로 유심히 듣고 있는데, 뉴스

앵커의 목소리가 다급했다. 2020년 2월 19일, 신천지 대구 교회 발 코로나19 확산이 시작됐다는 뉴스였다. 그전까지 한국은 코로나 바이러스가 잠잠해지는 추세였다. K-방역의 성공을 자축하는 분위기마저 있었다. 하지만 전염병은 가장 취약하고 추악한 부분으로 침투했다.

1년 차 신입 가이드였던 나는 첫 휴가를 받아 한국에 온 상태였다. 한 달 동안 머무를 계획이었는데, 도착한 날부터 전염병 때문에 휴가가 기약 없이 길어졌다. 마스크 대란이 일어나서 요일에 맞춰 약국 앞에 줄을 서야 했다. 그때는 누구도 2021년까지 마스크를 쓰고 다닐 거라고 예상하지 못했다. 나도 막연히 휴가가 길어진다 생각하고, 항공권의 체크인 날짜를 변경했다. 한국에 오래 머무르게 된 김에 이탈리아어 실력을 키우기로 했다. 돌아갔을 때 더 유능한 가이드가 되어 있는 것을 꿈꾸며, 서울 '교대역' 근처에 있는 이탈리아 어학원에 등록했다. 월요일부터 금요일까지 주 5일, 하루 4시간의 수업을 위해 왕복 3시간 빨간 광역 버스를 타고 다녔다. 처음에는 통학 버스 안에서 단어를 달달 외울 정도로 열심히 공부했다. 하지만 이탈리아에서 코로나 바이러스로 매일 7천여 명의 사람이 죽는다는 뉴스가 들렸다. 2020년 안에 이탈리아에 돌아가는 건 불가능에 가까웠다. 이탈리아어 공부가 쓸데없게 느껴졌다. 행복 회로를 그만 돌리기로 했다.

가이드로 오래 일한 회사 선배들은 어떤 마음이었는지

모르겠다. 이런 상황은 오래 일한 선배들도 처음이었으니 다들 어리둥절하지 않았을까. 하지만 그들과 다른 점이 있다면 나는 비정규직이라는 사실이다.

취직한 지 1년 만에 코로나19를 맞았다. 회사 규정에 따라 1년이 지나야 근로계약서를 작성했기 때문에, 그때까지 회사와 나 사이에는 서류 한 장 존재하지 않았다. 유급 휴직 대상도 아니었고, 실업 급여 대상도 아니었다. 여행업에 종사했으나 국가에서 주는 특수직 종사자에 대한 복지 혜택도 받을 수 없었다. 이런 상황에서도 가이드 일이 정말 좋았다면 언제까지고 기다렸을 것이다. 하지만 일에 대한 확신이 생기기에 1년은 너무 짧은 기간이었다. 그냥 워킹홀리데이를 했다고 생각하기로 했다(실제로 워킹홀리데이 비자를 받아서 일하기도 했으니까). 젊은 나이에 누릴 수 있는 좋은 경험을 했다고 치자. 삶의 한 챕터 정도로 여기고 단념했다. 이제 다음 장을 펼쳐야 했다.

하지만 그 다음 장은 다짐처럼 쉽게 펼쳐지지 않았다. 그럴 리가 없지. 인생은 책이 아니고 일차원 단면도 아니니까 당연하다. 과도기를 겪으며 방황했다. 새로운 것을 배우고 싶기도 하고 공간에 관심이 많아서 인테리어 전문학교에 등록했다. 솔직히 말하면 '무슨 무슨 디자인과'에 대한 로망이 있었다. 역시나 어떤 로망은 실현되지 않는 편이 낫다. 1학기 기말고사를 치르기 전에 자퇴했다. 막상 배우니 재미가 없었고, 몇 시간 동안 컴퓨터 앞에 앉아서 AUTO 캐드를 치는 걸 견딜 수가 없었다. 인테리어

디자인이 적성에 맞지 않는다는 걸 깨달을 때쯤 전문학교 동기 친구들이 생겼다. 좋은 친구들을 얻으니, 학교에 낸 돈값을 다 했다는 생각이 들어 과감히 그만뒀다.

그 뒤엔 본격적으로 돈을 벌고 싶어서 SNS 콘텐츠 제작 회사에 취업했다. 처음엔 무보수 야근이 당연한 사내 분위기에 당황했지만, 주변 모두가 그렇게 사니까 점차 적응했다. 점심시간에 상사와 팀 전체가 밥을 함께(심지어 같은 메뉴로) 먹어야 하는 것도 이해가 안 됐지만, 밥을 사주니까 감사하며 먹었다. 일도 열심히 했다. 그런데, 그렇게 하다 보니 아침부터 저녁까지 일주일 동안 같은 사람들과 같은 이야기만 하는 기분이었다. 일주일이 하루 같고, 어떨 때는 하루가 일주일 같았다. 한 달이 지나고 보니 다 같은 날이었다. 물론 그 대가로 통장에는 월급이 찍혔지만, 내 젊은 날들과 몸(눈알과 손가락)을 바친 것에 비하면 터무니없이 적은 액수였다. 결국 입사하고 두 달이 안 되어서 그만뒀다. 이번에는 뭘 얻었을까 생각했지만, 꼭 뭘 얻지 않아도 괜찮았다.

다행스럽게도 내 주변에는 "고작 그것도 못 버티면 무슨 일을 할 수 있겠냐"고 핀잔 주는 사람이 없었다. "다른 사람들도 다 참고 산다"며 내 삶을 자기처럼 불행하게 만들려는 사람도 없었다. 오히려 가족과 친구, 이전 직장의 동료들은 '뭘 해도 넌 잘할 거야', '그래. 잘 그만뒀어. 너 하고 싶은 걸 해', '나는 백수일 때가 가장 행복했으니까 너도 좀 놀아'라고 말하며 자유와 불안의 몸이 된 걸 축하했다. 어쩌면 이미 그만둔 사람에게 할 말이 그것뿐이었을지도 모르지만, 그들의 퇴사 축하 인사에 나는 안도했다. 가장 인상적이었던 말은 "넌 네 사업을 해"였다.

어느 순간부터 나도 알았다. 내가 행복해지기 위해서는 스스로 판단을 내리고 결정해서 움직여야 한다. 어디에 속한 누군가가 아니라, 어떤 일을 하는 누군가가 되고 싶었다. 지금의 나를 대표할 수 있는 것은 나뿐이니까.

취업이 아니라 창업을 할 때였다.

책방을 열기로 했다

창업을 하기로 했는데, 그렇다고 당장에 무엇을 할지는 몰랐다. 난 좋아하는 게 많았고, 잘하는 것도 꽤 많았다. 문제는 그게 다 특정 직종으로 이어질 만큼 확신이 있는 건 아니었다. 하나를 끈질기게 배우면서 한 우물을 깊게 판 적이 없으니 얕은 웅덩이만 많았다. 막막했다. 밤에 잠이 안 왔다. 우울하거나 퇴사를 한 행동을 자책하는 것은 아니었다. 내일 딱히 할 일이 없으니, 잘 필요가 없었던 것뿐이다. 그렇다고 이 기간이 유급 휴가는 아니니까 무작정 드라마나 영화를 보며 놀 수도 없었다.

나 스스로를 아끼는 마음에서 결정한 퇴사인 만큼, 당장 또 무언갈 시작하기 전에 좀 더 오래 고민해보기로 했다. 우선은 다른 사람들의 아침을 구경하기로 했다. 백수가 된 내 아침이 너무 허무하고 막막해서 다른 이의 아침 풍경이 궁금했다. 그래서 '타인의 아침'이라는 제목의 영상 시리즈를 만들기로 했다. 영상 편집에 대해서는 전혀 몰랐지만, 천만 유튜버의 시대가 아닌가. 게다가 나는 시간도 많다. 유튜브 하는 법을 유튜브를 보며 배웠다. 업로드 방법, 섬네일 만드는 법 같은 걸 배우고 나서서 편집 기술을 배웠다. 직전에 다녔던 SNS 콘텐츠 제작 회사에서 함께 근무했던 영상 편집 담당 동료에게 컷 편집과 자막 삽입, 음악 삽입 등 간단한 조작 기술을 배웠다. 어느 정도 편집 툴을 다룰 줄 알게 된 다음에 친구 몇 명에게 연락을 하고, 친구의 친구를 소개받았다. 한 영상의 주인공이 결정되면, 그 사람과 사전 인터뷰를 메일로 진행하며, 생활 습관과 요즘 어떻게 지내는지 물어봤다. 사전 인터뷰한 것을 바탕으로 분 단위로 촬영 계획을 세우고, 편집의 초점을 어디에 맞출 것인지 기획했다. 구독자 수가 늘어서 전문 유튜버가 됐다거나 수익을 창출하지는 못했지만, 기획부터 촬영과 편집까지 하는 과정 자체가 아주 즐거웠다. 회사 다니면서 느끼지 못했던, 내가 하고 싶은 일을 하고 있다는 자유로움과 혼자서 해내고 있다는 성취감을 느꼈다. 무엇보다 이걸 찍으면서 진짜 하고 싶은 일을 찾을 수 있었다.

'타인의 아침'을 촬영하러 친구들 집에 갈 때마다 기꺼이 집을 내어 준 그들을 위해 선물을 준비했다. 처음 촬영을 한 친구가 최근 바질을 키우기 시작했다는 것을 알고, 임이랑 작가의 『아무튼, 식물(임이랑, 코난북스, 2019)』과 돈을 부른다는 해바라기

꽃다발을 준비했다. 선물하러 가는 길에 하늘이 아름다웠고 가슴이 뛰었다. 그 다음 촬영은 집 꾸미기를 좋아하는 친구네 집이어서, 공간과 어울리는 프리저브드 꽃다발을 준비했다. 큰 반려견과 함께 사는 친구를 찍으러 갈 때는 친구의 반려견 이름 '조이'가 제목에 있는 시집,『조이와의 키스(배수연, 민음사, 2018)』를 선물했다.

　　선물할 책을 고르기 위해 내가 이전에 읽었던 책의 목록을 뒤지고, 서점에 가서 한참을 서 있다 보니 나라는 사람의 인생에서 가장 설득력 있는 것은 책이라는 생각이 들었다. 변덕이 심한 내가 가장 오래 좋아한 것이 책이다. 고등학교 3학년 때 자기소개서를 쓰기 위해 신영복 선생의『감옥으로부터의 사색(신영복, 돌베개, 1988)』을 읽었고, 그 책이 내 독서의 시작이었다. 넓은 세계를 온몸으로 마주한 느낌이었다. 대학교 때는 연극 동아리 활동을 하며 희곡과 소설을 읽었다. 지금이라면 절대 읽지 못할 난해한 작품도 그때는 즐겼다. 대학을 졸업하고는 동네에 있는 서점 안에서 '숍 인 숍' 형태로 작은 카페를 운영했다. 테이크아웃 전문 카페였던 그곳에는 손님이 정말 없었다. 덕분에 조용히 앉아서 한국 현대 소설을 읽을 수 있었다. 그 책들은 내가 생각만 하고 말로 풀어낼 수 없던 이야기를 대신 전해주는 것 같아서 푹 빠져버렸다. 그 손님 없는 카페에 앉아서 독립출판으로 책을 만들기도 했다. 제목은『오늘도 손님이 없어서 빵을 굽습니다(박무늬 글·박오후 그림, 머쓱, 2018)』였다. 이 책으로 독립출판물 축제에 나가면서, 발 디딜 수 있는 책의 세계가 더 넓어졌다. 이후에 서른이 되기 전에 워킹홀리데이 비자를 받으며 해외 생활을 하고 싶어서 이탈리아(코로나19 때문에 복귀하지 못한 그곳)에 갔고, 외로운 타지 생활에서 가장 힘이 됐던 것은 책이었다.

지금의 나를 이룬 것은 결국 책이다. 나를 납득시킬 수 있는 것, 내 세계를 설립한 중요한 축. 책에 관련된 일들을 생각했다. 책을 만드는 일을 해야 하나, 아니면 글을 쓰는 일을 배워볼까 고민을 했다. 하지만 하늘이 아름다워 보였고 가슴을 뛰게 했던 건 책을 선물하러 갈 때였다. 나에게 주는 선물이 든 남에게 주는 선물이든. 그래서 책을 선물하는 마음을 팔기로 했다.

책방을 열기로 했다.

조악해서 끌렸던 '헐'

내가 가진 돈으로는 절대 책방을 열 수 없었다. 그래서 국가
지원 사업을 찾았다. '경북 도시청년 시골파견제'라는 사업이
있었다. 영천시에 정착해서 창업할 청년에게 3천만 원을 지원하는
내용이었다. 8월 중순부터 9월 초까지 창업 계획서를 쓰고
준비했다. 1차 서류심사에 합격해서, 2차 심사를 위해 경북 구미에
다녀왔다. 결과적으로는 떨어졌다. 내가 봐도 수익성이 없었다.
떨어질 만했다고 인정하지만 그래도 속상한 것은 어쩔 수 없었다.
떨어질 때를 대비해서 꽃다발 만들기 클래스를 신청하고 즐거울
만한 일들을 준비했지만, 행복이 생긴다고 슬픔이 사라지는 것은
아니었다.

한 번의 실패를 겪은 뒤, 다른 지원 사업을 찾아봤다. 내가

사는 안산시, 혹은 다른 지역에서 타지역 청년을 지원해주는 사업을 찾아 헤맸다. 보통 이런 정책은 연초에 발표되고 모집이 마감되어서 찾기 힘들었다. 그래서 내년을 기다려야겠다고 단념하려 할 때, 언니가 링크 하나를 보내줬다. 안산시청 홈페이지에 올라온 공고였다. 고잔역 앞의 노후한 기차를 리모델링해서 청년에게 공방 운영을 맡긴다는 공고였다. 바로 다음 날, 언니와 함께 그 기차를 보러 갔다.

기찻길을 따라 걷는 것은 좋았지만, 책과 꽃을 함께 팔기에는 공간이 너무 작았다. 2평 남짓했고, 기차 한 량을 세 공방이 공유했다. 주변 환경도 컨테이너 여러 개가 놓여 있는 게 전부라 사람들이 많이 찾을 것 같은 분위기가 아니었다. 나조차도 재방문할 마음이 들지 않았으니까.

고개를 저으며 나왔다. 마침 점심시간이라 언니와 냉면을 먹으러 갔다. 언제나 나는 비빔냉면, 언니는 물냉면이다. 정신없이 냉면을 비비고 있는데, 언니가 보증금 500만 원을 빌려줄 테니 지원 정책 말고 상가를 찾아보라고 했다. 그 공간이 맘에 들지 않는다고 하면서도, 내 처지에는 그거 말고는 답이 없다고 좋은 점을 찾아보려고 애쓰고 있는 내가 불쌍해 보였던 것 같다.

언니가 빌려준 보증금을 가지고 바로 다음 날부터 가게를 알아보기 시작했다. 먼저 동네를 고르고 그 동네에 있는 부동산에 연락했다. 첫 번째 동네는 '배곧 신도시'였다. 배곧은 안산 옆에 있는 시흥시에 몇 년 전 서울대 캠퍼스가 세워진다는 계획에 따라 만들어진 신도시다. 유튜브 프로젝트 '타인의 아침'에 참여해준 친구가 살고 있는 곳이라 친근했다. 집에서는 대중교통으로 30분 이내의 거리라서 적당했고, 얼마 전 개발된 도시라서 그런지 아주 깔끔한 느낌이었다. 무엇보다 동네 서점이 아직 없었다.

하지만 비어 있는 상가가 너무 많았고, 결정적으로 동네가 나와 어울리는 느낌이 아니었다. 신도시 특유의 냄새가 있다(고 나는 주장한다). 각 가구의 일조량을 고려해서 지어진 고층 브랜드 아파트들 사이로, 저출생 시대에도 꿋꿋하게 설립된 유치원과 놀이터와 초등학교들. 그만큼의 양육비와 교육비를 감당할 수 있는 젊은 보호자들이 살고 있다는 인상을 준다. 신도시에서는 교양의 냄새가 난다. 재태크를 착실하게 하면서 정부 정책까지 똑똑하게 이용하는 실속의 빛깔이 있다(고 피해 의식이 약간 있는 나는 주장한다). 여러 모로 내 정서와 맞지 않아 배곧에 책방을 여는 것은 포기했다.

나고 자라서 익숙한 안산에서 찾아보기로 했다. 4호선 '중앙역' 근처를 먼저 알아봤다. 조건에 맞는 매물들은 상가라기보다는 사무실 느낌이 강했다. 빌라 건물 2층에 가정집을 개조한 매물들이 많았다. 서점에 들어가기 위해 손님들이 번호키를 누르는 것은 아무래도 이상했다. 그렇게 아무 기준 없이 느낌만으로 이상하다고 말하면서 며칠 동안 부동산을 돌아다녔다.

이대로는 안 될 것 같아 내 나름대로 기준을 세웠다.

첫째, 보증금은 최대 500만 원.

둘째, 층수는 관계가 없지만, 책을 옮기기 위해 엘리베이터가 있어야 한다.

셋째, 책과 함께 커피를 팔기 위해 휴게음식점 등록이 가능한 매물이어야 한다.

넷째, 접근성이 떨어지더라도 손님들이 올 때 번호키는 누르지 않게 해야 한다.

인터넷으로도 매물을 살펴보다가 '금정역' 근처에 마음에 드는 자리가 있었다. 앞서 세운 네 가지 기준에 꼭 안산이어야 한다는 조건은 없다. 그러니 안산 밖 도시도 상관없었다. 부동산에 전화해서 약속을 잡고, 다음 날 오후에 보러 갔다. 날이 흐리고 어두웠다. 곧 비가 쏟아질 것 같았지만, 오히려 좋은 징조일 것이라 여기며 지하철을 탔다. 내가 보러 간 상가는 금정역 6번 출구에서 도보 10분 거리였다. 금정역은 수도권 1호선과 4호선 환승역이라 서울에 가기도 편하고, 우리 집에서는 지하철로 20분 거리다. 이 정도는 통근이 가능하다.

금정역 6번 출구에서 내려 부동산까지 걸어갔다. 신림동이나 안산역 부근과 비슷한 분위기였다. 높이가 낮고 짙은 벽돌의 건물들, 그리고 빨간 배경이나 흰 배경에 검은 글씨의 한자 간판들. 내가 사는 '상록수역'도 2번 출구 쪽에 외국음식점이 많아서 이런 분위기가 친숙했다. 안암동에서 대학을 다니면서 자취를 할 때도 나는 젊고 새로운 느낌의 술집이 쭉 줄 서 있는 참살이길보다 오래된 해장국집이 많은 제기동이나 청량리 시장 골목이 좋았다. 같은 종로여도 광화문 근처보다 동묘 앞이나 세운상가가 좋다. 그래서인지 이 오래된 냄새와 고요한 정취가 있는 동네 분위기가 썩 마음에 들었다.

마침내 부동산 사장님을 만났다. 사람을 잘 못 본다는 말을 많이 듣지만, 푸근한 인상이 썩 좋은 사람 같았다. 사장님의 안내를 따라 5분 정도 더 걷자, 내가 볼 건물이 나왔다. 넓은 대로변 옆에 위태롭게 놓인 노란 건물이었다. 빨간색으로 커다란 간판을 붙여두고, 간판 옆에는 분홍색 페인트를 덧발랐다. 거기에 1층 상가로 올라가는 전면 계단은 초록색과 녹색이 덕지덕지 붙어있었다. 긴 세월 동안 많은 것들이 입혀지고 벗겨진 흔적들이 얼룩덜룩했다. 이렇게 조악한 건물은 처음 봤다. 내가 볼 1층 상가는 문을 열지 않은 빈티지 수입 옷 가게였는데, 빨간 간판에 쓰인 가게 이름은 'HER'다. 헐*.

내부는 물건으로 가득 차서 제대로 둘러볼 수도 없었고, 천장은 2m가 약간 안 되는 것 같았다. 화장실로 가는 문이 아주 작은, 정말로 작은, 나무문이었다. 거의 TV 자료화면으로 나올 것 같은 옛날 문짝. 제대로 갖춰진 게 하나도 없었다. 그런데 그게 내 마음을 끌었다. 헐.

---

* 국립국어원 외래어 표기법에 따르면 '허'가 맞지만,
  내 마음을 온전히 표현하기 위해 이 책에서는 모두 '헐'로 나타냈다.

빨간색으로 커다란 간판을 붙여두고, 간판 옆에는 분홍색 페인트를 덧발랐다. 거기에 1층 상가로 올라가는 전면 계단은 초록색과 녹색이 덕지덕지 붙어있었다. 긴 세월 동안 많은 것들이 입혀지고 벗겨진 흔적들이 얼룩덜룩했다. 이렇게 조악한 건물은 처음 봤다.

단점이 눈에 선명히 보여서 재미있었다. 답이 안 나오는 상태가 우스웠다. 어쩌면 건물에 동질감을 느꼈는지도 모르겠다. 나와 비슷한 정도로 망가진 사람을 만나면 덜 외로워질 거란 착각을 한다. 함께 좋아질 수 있을 거라고, 내가 저 사람을 치유하고, 나는 저 사람에게 위로받을 수 있을 거라고 희망을 품는다. 미리 결말을 말하자면, 그런 종류의 착각이 늘 그렇듯이 서로에게 실망만 안겼고 만나기 전보다 상태는 악화되며 끝났다. 이 건물도 마찬가지였다.

상가 주인은 총 3명이었다. 3명이서 공동 소유를 하고 있었고, 지금 옷 가게를 하는 임대인은 오픈한 지 겨우 석 달째였다. 외국으로 가기 위해 급하게 가게를 내놓았고, 그래서 나는 주인이 아닌 임대인과 계약을 하게 된다고 했다. 찝찝했지만 법적으로는 문제없다고 하기에 계약을 진행하기로 했다. 9월 25일 금요일에 계약서를 쓰기로 했다.

그러나 전날인 9월 24일까지도 내일 몇 시에 계약할 것인지 말이 없었다. 부동산 사장님에게 연락했더니, 임대인이 시간이 안 될 것 같다며 다음 주로 계약을 미루자고 했다. 가계약금을 보낸 지 이미 일주일이 넘은 시점이었다. 애초에 계약 날짜를 정할 때도 임대인이 서울에 살고, 무슨 사정이 있고 등 갖은 핑계를 대며 어물거렸었다. 화가 나서 다음 주는 내가 안 된다고 했다. 그러자 '그럼 9월 26일 토요일 1시 30분에 봐요'라는 답이 왔다.

계약 당일인 9월 26일 토요일 오전 11시, 계약하러 가기 전

인터넷으로 등기부 등본을 열람했다. 그런데 또 헐. 내가 계약할
상가의 용도가 '숙박 시설'로 나와 있었다. 카페 겸 책방을 열기
위해서는 '근린생활시설'이어야 한다. 카페는 음식물을 다루는
휴게음식점이기 때문에 영업 신고를 하고 구청에 허가를 받아야
하는데, 일반 '숙박 시설'에서는 허가를 받을 수 없다. 애초에
나는 부동산에 매물을 물어볼 때 '근린생활시설'인지 물어봤었고,
부동산 사장님이 그렇다면서 이 매물을 보여줬었다. 이게 무슨
상황인지 어리둥절했다. 그때 마침 부동산 사장님으로부터 전화가
걸려왔다.

　

"임대인이 서울 할머니 댁에서 내려오는데 늦어서 계약을
3시에 하자고 하네요."

　

이제는 이런 태도에 화도 나지 않았다. 애초에 자기 멋대로
약속을 잡고 바꾸던 사람이니까. 그것보다도 내가 방금 확인한
등기부 등본이 문제였다. 부동산 사장님에게 등기부 등본을
열람했는데 용도가 숙박시설이더라, 여기에 카페를 할 수
없지 않느냐고 물어봤다. 그러자 부동산 사장님은 당황하면서
대답했다.

　

"거기가 숙박시설이라고 되어 있어요? 왜지? 카페는 영업
허가를 받아야 하나? 음... 내가 알아보고 전화 줄게요."

31

이건 엄연한 내 잘못이다. 가계약금을 보내기 전 등기부
등본을 미리 확인했어야 한다. 하지만, 조금 억울했다. 처음, 그
비 내리던 날, 부동산 사장님을 찾아갔을 때 사장님은 나에게
"여기 테이크 아웃 카페 하려고 다른 사람이 보러 오기로 했어요.
그러니까 빨리 계약해야 해요"라고 말하기까지 했다. 분통했다.
그런데 어쩌겠나. 이건 내 어리석음이 자초한 결과다. 역시 나는
사람 보는 눈이 없다.

1시간이 지나지 않아서 다시 부동산 사장님으로부터 전화가
왔다. 그리고 한다는 말은 이랬다.

"그... 뭐지? 서점인가 한다고 하지 않았어요? 그냥 서점만
하면 안 돼요?"

감정이 격해지면 말이 안 나온다. 내가 꼼꼼하지 못해서
이런 일이 일어난 것이다. 자괴감이 들었고, 가슴에 구멍이 뻥
뚫린 것처럼 뭔가 사라진 기분이었다. 아마 나에 대한 신뢰감이
증발했을 거다. 그렇게 내가 푹 꺼진 채로 아무 말도 못 하고
멍하니 있는데, 옆에서 듣고 있던 언니가 전화를 바꿨다. 언니는
서점만 할 수는 없고, 근린생활시설이 아니면 계약을 하지
못하겠다고 단호하게 말했다. 부동산 사장님도 꽤나 지쳤는지
알겠다고 하며 전화는 끊어졌다.

나는 마음을 다스릴 시간을 가지려고 했다. 상실감이 컸고,

가슴에 생긴 구멍에 기어들어 가서 우울을 누리려고 했다. 하지만 옆에 있던 언니가 일어서며 말했다.

"다른 곳 알아보러 가자! 빨리 준비해!"

맞다. 이럴 때가 아니었다. 빨리 일어나서 씻어야 했다.

'부자 아빠'와 함께

다시 상가 찾기가 시작됐다. 한번 상처받고 나니 이제는 바깥으로 나가기 무서워졌다. 익숙한 도시, 안산에서 책방을 열기로 범위를 좁혔다. 혼자 매물을 보러 가는 것도 그만뒀다. 적어도 책방을 열 때까지는 나에 대한 신뢰를 품지 않기로 했다. 직장을 다니는 언니의 시간에 맞춰서 토요일에 부동산을 보러 갔다.

　햇볕이 뜨거운 초가을, 부동산을 보러 나와서 일단 냉면을 먹었다. 스트레스로 식욕이 폭발한 나는 찐만두도 주문했다. 잠시 후에 내가 주문한 비빔냉면과 언니의 물냉면이 나왔다. 냉면에 식초와 겨자를 넣고, 면을 자르고 있는데 찐만두가 나왔다. 굉장히 컸다. 앞접시에 가져와서 젓가락을 이용해 만두를 전투적으로 해체하고 있었다. 그때, 언니가 말했다.

"내가 보증금 천만 원까지 줄 수 있어. 그러니까 좀 더 번듯한 물건을 찾아보자."

거의 "나도 만두 하나 먹을게" 정도의 일상적인 말을 하는 것 같은 여상하고 무던한 목소리였다. 그래서 더 멋져 보였다. 순간적으로 언니한테 번쩍이는 빛이 나는 것 같았다. 냉면보다 사랑스러워 보였다. 하지만 동시에 미안하기도 했다. 언니 인생까지 진흙 구덩이에 끌고 들어가는 기분이라고 말을 했더니, 언니는 내 부담을 덜어주려는 듯, 보증금은 돌려받는 돈이니 주는 게 아니라 투자하는 거라고 했다. 속으로는 내 사업에 무슨 비전이 보인다고 투자를 하냐고 생각했지만, 입 밖으로 꺼내지 않았다. 그냥 언니가 짱이라고 말했다. 못난 동생에겐 너무 그릇이 큰 언니다.

그렇게 냉면 한 그릇을 먹는 사이 낼 수 있는 보증금이 500만 원에서 1,000만 원이 됐다. 서비스 냉면이 세숫대야 냉면이 되는 것 같은 기적이 나에게 일어났다. 이젠 기쁨과 설렘으로 식욕이 폭발해서 남은 찐만두까지 혼자 다 먹었다. 그리고 본격적으로 매물을 찾기 시작했다. 금정역 부동산 사장님에게 트라우마가 생겨서 어른이 좀 무서웠다. 물론 나도 어른이고, 내 잘못도 있었지만 손님으로 낯선 어른을 상대하고 싶지 않았다(지금은 낯선 어른이든 아니든 손님이면 환영한다). 그래서 대학가 근처를 알아봤다.

한양대 에리카 캠퍼스 근처에 있는 부동산에 전화해서 나에게 맞는 '보증금 1,000에 월세 50 정도'의 매물이 없는지 물어봤다. 처음 전화를 걸었던 부동산에서는 대학교 앞에는 그 가격의 물건은 없다고 단호하게 말했다. 살짝 마음에 상처를 입고, 전화 걸기 전에 인터넷으로 먼저 매물을 찾아보기로 했다.

네이버 부동산에 검색해서 임대로 나온 상가 중 나와 조건에 맞는 물건을 찾고, 그걸 올린 부동산에 전화했다. 전화를 받은 사장님에게 인터넷을 통해 올리신 매물을 봤는데, 아직 계약 전이라면 한번 보고 싶다고 말했다. 그랬더니 사장님은 아주 큰 목소리로 빠르게 그 매물에 대해서 설명하셨다. 그리고 내가 원하는 조건과 업종을 물어보셨다. 내가 답하자 바로 조건에 맞는 물건 몇 개가 있다면서 지금 당장 자기가 데리러 갈 테니 같이 보러 가자고 하셨다. 부동산 사장님은 목소리가 아주 컸다. 스피커폰을 하지 않아도 옆에 있는 언니까지 들을 수 있었다. 또, 어떤 말이든 두세 번 반복하셨다. 호쾌함을 의인화하면 바로 이 사람일 것이다. 이분이 '부자 아빠 사장님'이다. 운영하고 계신 부동산 이름이 '부자 아빠 부동산'이다.

전화를 끊고 10분이 지나지 않아서 우리가 있는 곳에 부자 아빠 사장님이 등장했다. 실제로 보니 전화상으로 들었을 때보다 더 큰 목소리를 가지셨고, 호탕한 걸음걸이로 빠르게 휘적휘적 걸으셨다. 한시도 말씀을 쉬지 않으셨고, 자기 얘기가 끊겼을 때는 우리에게 질문하셨다. 뭘 하고 싶은지 물으시길래 서점과 카페를 같이 하고 싶다고 말을 하니, 심장이 덜컹할 정도의 목소리로

"그럼 여기가 딱이네!"라고 소리치며 핸들을 돌리셨다.

매물을 보러 가는 길에는 어떤 책을 팔 계획이냐며 구체적으로 질문하셨고, 자기가 최근 읽은 책에 대해 이야기하셨다. 인상 깊게 읽은 책이 『부자 아빠 가난한 아빠(로버트 기요사키·샤론 레흐트, 황금가지, 2000)』라고 하셨다. 부동산 이름이 '부자 아빠'인 이유가 밝혀졌다. 그리고 참치 이야기를 하셨다. 안산 시청 앞에 맛있는 참치를 파는 식당이 있다면서 이름을 알려주셨다.

부자 아빠 사장님은 쇠뿔도 단김에 빼는 성격이신지, 만난 김에 자기가 알고 있는 매물을 모두 보여주려는 것 같았다. 조금이라도 물건을 살펴보는 내 표정이 안 좋으면, "다른 거 보러 갑시다!" 하고 화통하게 발걸음을 돌리셨다. 삼국지의 장비가 환생했다면 이런 느낌이 아니었을까. 장비와 함께 4시간 동안 4개의 매물을 봤다.

가장 마음에 들었던 건 두 번째 상가였다. 한적한 주택가 1층에 있는 약 12평의 빈 상가인데, 보증금이 1,000 월세가 55였다. 가장 매력적인 점은 화장실이 안에 있다는 것이다. 언니도 여기가 제일 괜찮다고 했다. 금정역 '헐'처럼 혼자 보고 결정한 다음 실수하기는 싫어서, 여러 사람에게 의견을 물어보기로 했다. 바로 아버지한테 전화를 해서 맘에 드는 곳을 찾았는데, 시간 되면 와서 한번 보시라고 말씀드렸다. 1시간 뒤쯤 아버지가 오셨다. 금정역의 '헐'을 보고 한숨을 푹푹 내쉬었던 아버지가 이번에는 좀 더 밝은 얼굴로 둘러보셨다. 여기가 '헐'보다 훨씬 낫다고도 말씀하셨다. 나는 입을 삐죽이며 "거기보다 월세랑 보증금이 두 배씩 비싸니까요"라고 대답했다. 어쨌든, 기분은 좋았다.

그렇게 계약하기로 결정하고 집에 돌아오니 저녁 6시였다. 저녁을 먹으면서 부동산 사장님에 게 그 상가에 계약하고 싶다고 문자를 보냈더니, 1분도 안 되어서 전화가 왔다. 계약하기로 결정했다면, 건물주를 부를 테니 저녁에 당장 도장을 찍자고 하셨다.

"네? 지금요?"

당황스러웠다. 이전 부동산 사장님이 너무 느리고 답답했다면, 부자 아빠 사장님은 너무 속전속결, 일사천리라서 따라가기가 벅찼다. 이미 에너지를 소진해버린 상태라 더 움직이고 싶지 않았다. 집에 들어와서 나가기 힘들다는 말로 핑계를 댔더니, 차를 끌고 우리 집으로 데리러 오신다고 하셨다. 어쩔 수 없이 알겠다고 했다.

저녁 6시 30분, 부자 아빠 사장님이 집 앞으로 데리러 오셨다. 이번에도 언니가 함께 갔고, 부자 아빠 사장님은 역시나 차 안에서 말을 멈추지 않으셨다. 낮과 밤이 다르지 않은 사람이다. 한결같다. 사장님을 신기해하기도 지쳤고, 라디오를 켜놓은 기분으로 즐기기 시작했다. 육성 라디오가 흐르는 차를 타고 10분 정도 가자 부자 아빠 부동산에 도착했다. 돌아갈 때는 꼭 걸어가자고 언니에게 귓속말했다. 부동산 안에 들어가서 자리에 앉아 있으니 사장님이 등기부 등본을 확인시켜주고, 계약서를 만들면서 계약 과정에 대해 설명해 주셨다. 곧이어 내가 계약할 건물의 주인이 도착했다. 우리 엄마와 비슷한 연배의 중년 여성이었다. 이야기를 나누다 보니 나와 나이가 같은 아들이 있다고 했다. 이런 소소한 이야기를 하고 있는데, 부자 아빠 사장님은 그런 쓸데없는 얘기 하지 말라며 말을 끊고 계약을 진행시켰다. 역시 속전속결! 일사천리!

장비 장군의 진두지휘 하에 언제 입주할 건지, 내부 공사 기간은 어느 정도 가질 것인지 합의했다. 그리고 보증금 1,000만 원을 입금하고, 부동산 중개비를 입금하니 계약이 끝났다. 부자 아빠 사장님이 차로 데려다주시겠다는 걸 극구 사양하고 밖으로 나왔다. 해가 다 져서 어둑어둑했다. 낮에는 더웠는데 밤이 되니 선선해졌다.

기분이 이상했다. 언니와 집까지 30분 정도 걸어가기로 했다. 걷는 발걸음이 어색했다. 신발을 신은 발바닥이 땅에 닿는 게 괜히 낯선 느낌이었다. 이런 감정은 뭐라고 표현해야 하는지 몰라서 말을 꺼낼 수 없었다. 한참 걷다가 언니에게 물었다.

"너무 빨리 결정해버린 것은 아닐까?"

그러자 언니는 "원래 잘 되려면 빨라. 이전이 너무 느렸던 거야"라고 답했다.

　계약서를 썼으니 이제 무를 수 없다. 2020년 10월 20일에 오픈하기로 했다. 0이 많은 날이라서 동글동글 잘 굴러갈 것 같은 느낌이었다.

꽃을 안 팔면 큰일 날 줄 알았다

9월 26일에 계약을 하고, 27일 일요일은 집에서 온라인으로 휴게음식점 위생 교육을 받았다. '한국휴게음식업중앙회' 사이트에서 28,000원을 결제하면 위생 교육을 받을 수 있다. 6시간의 교육 후에 간단한 평가를 하고, 통과하면 수료증을 받는다. 그 수료증과 건강진단결과서(구 보건증), 신분증, 그리고 월세 임대차계약서를 챙겨서 구청으로 향했다. 보건소에서 하는 지역도 있다고 하던데, 안산은 상록구청 환경위생과에서 처리했다. 이곳에서 서류 검사를 마친 뒤, 등록면허세 28,000원과 신고 세 27,000원을 각각 결제하면 영업신고증을 준다. 그걸 들고 사업자등록을 하기 위해 세무서로 갔다.

세무서의 담당자가 업종을 물어봤다. 나는 꽃과 커피를 파는 책방이라고 답했다. 인터넷으로 정보를 찾을 때, 커피와 책을 함께 파는 독립서점은 꽤 있었지만, 꽃까지 파는 곳은 찾기 어려워서 가능한 것인지 걱정을 했었다. 하지만 직원은 굉장히 아무 일 아니라는 듯이 업종에 "커피, 꽃, 서점"을 입력하고 확인시켜줬다. 그렇게 커피와 꽃을 파는 책방이 됐다.

독립서점을 열고 싶다는 마음이 막 생기기 시작할 때, 경기콘텐츠진흥원에서 주최하는 '2020경기서점학교'를 수강했다. 이 강의를 통해 서점 운영 전반에 대해 배웠다. 그리고 내 서점만의 차별화된 전략이 필요하다고 생각했다. 나는 책을 선물하는 마음을 팔고 싶어서 독립서점을 꿈꿨고, 그것만으로는 부족했다. 내가 생각한 차별점은 꽃이었다. '선물'하기에 가장 좋은 것. '책과 꽃을 선물하는 마음'을 팔기로 했다. 이 결심을 말하니 한 친구는 "너는 정말 아름답고 무용한 것들을 좋아하는구나"라고 말했다.

하지만 꽃에 대해서 아는 것이 없었기 때문에 내일배움카드로 꽃다발 제작 수업을 신청했다. 일주일에 한 번 8시간 동안 꽃다발 제작하는 방법을 배우는 수업이었다. 그리고 창업을 준비하면서 유튜브로 꽃다발 만들기 과정을 찾아봤다. 창업을 준비하는 기간은 길지 않았다. 고작해야 여름 한 철이었다. 심지어 꽃다발 제작을 배우는 도중에 책방을 오픈하게 됐다. 무모하지만 모든 것을 준비해 놓고 시작하려고 하면 너무 늦어질 것 같았다. 일단 시작하고 천천히 부족한 부분을 채워가면 될 거라고 생각했다.

만약 지금 돌아갈 수 있다면 똑같은 결정을 할 수 있을까? 경력도 없고 가진 것도 없으면서 '난 잘될 거야'라고 믿으면서 책방을 열 수 있을까? 못할 것 같다. 그때는 이상할 정도로 겁이 없었다. 푹 쉬면서 충전한 에너지가 가득했고, 실패에 대한 두려움도 없었다. 새로운 시작이니까 들뜨면서도 긴장이 되는 것이 당연한데, 들뜨기만 했다. 돌이켜보면 지금까지 살면서 이렇게 용감했던 적이 없었다. 아름답고 무용한 것들이 어디 있나, 아름다운 건 그 자체로 쓸모가 있지, 라고 생각하며 즐거울 뿐이었다.

이렇게 겁 없이 시작했지만, 막상 시작하니 꽃까지 팔 여력이 안 됐다. 우리 책방의 차별점을 '꽃'이라고 정해놓고, 그걸 제일 먼저 없앴다. 지향점을 차별점이라고 착각했던 것 같다. 차별화 전략도 중요하지만 일단은 주력 상품인 책에 더 신경을 써야 했다. 책 하나만 열심히 팔기도 숨 가쁜데, 잘하지도 못하는 꽃은 손댈 엄두가 안 났다.

그래서 오픈하고 며칠 안 되어서 꽃 판매를 접었다. 간판에는 여전히 '책, 꽃, 커피'라고 쓰여 있지만, 꽃은 없었다. 그래도 뭐라고 하는 사람은 없었다. 꽃을 안 팔면 큰일 날 것 같았는데, 아무 일도 없는 것이다. 다들 눈감아 주고 있던 걸까? 완벽한 사람은 없고, 가게도 그런 것 같다. 차별화 전략을 펼칠 거라면 기본을 갖추고 정말 자신 있는 것을 해야 한다는 걸 배웠다.

결국은 함께하는 일

가게 계약을 하고 사업자등록까지 했으니 이제 인테리어 공사를
해야 했다. 아버지가 인테리어 일을 하셔서 아버지에게 일을
맡기고, 나도 최대한 돕기로 했다.

 9월 30일 추석 연휴가 시작되는 날, 책방 내부공사를
시작했다. 부모님은 나와 언니가 함께 사는 아파트에서 20분
정도 거리에 산다. 전날 저녁에 아버지는 내일 몸 쓰는 일이 많을
거라고 아침을 꼭 먹고 8시까지 책방으로 오라고 하셨다. 시키는
대로 평소 일어나는 시간보다 훨씬 일찍 일어나서 책방으로
향했다. 전날 아버지가 미리 뜯어 놓은 바닥은 처참했다. 동시에
페인트를 비롯하여 이런저런 자재들이 놓여있는 모습이 변화의
여지를 보여줬다.

8시 10분이 되어도 아버지는 오지 않으셨다. 전화를 해보니
아침을 드시고 있다고 하셨다. 내가 아침을 먹지 않고 올 것을
아셨나 보다. 시간이 생겨서 근처 편의점에서 요거트를 사 와서
먹었다. 8시 30분이 지나서 아버지가 도착하셨다. 아버지가
카운터가 될 공간의 뼈대를 만들고 화장실로 들어갈 공간의
가벽을 세우는 동안 나는 바닥 정리를 했다. 타일이 붙어있던
바닥을 스크래퍼로 긁어내고, 부스러기를 치웠다. 울퉁불퉁한
벽도 스크래퍼로 긁어내고, 구멍이 난 부분은 퍼티를 발라 채웠다.
밑 작업이 어느 정도 끝나고, 페인트칠을 시작했다. 벽과 천장에
롤러와 붓을 이용해서 흰 페인트를 발랐다.

8시 반부터 12시까지, 한시도 쉬지 않고 일을 했는데 요령이
없어서 진도는 안 나가고 힘들기만 했다. 특히 천장을 칠할
때는 페인트가 눈으로 떨어져서 몇 번이나 화장실로 달려가서
울면서 씻어내야 했다. 흰색으로 공간을 칠하고 싶다고 한 게 나
자신이었기 때문에 불평을 할 대상도 없었다.

다행히 12시가 넘어서 언니가 왔다. 언니는 페인트칠을 몇 번
해봤고, 몸 쓰는 일을 나보다 훨씬 잘한다. 언니가 일에 투입되니
페인트 작업은 속도가 붙었다. 근처에서 늦은 점심을 먹고, 다시
페인트칠을 했다. 아버지는 오후 5시가 되면 바닥 페인트칠을
할 것이니까 그전까지 벽을 마무리하고 바닥을 평평하게 하는
작업을 하라고 지시했다. 언니는 큰 스크래퍼를 쥐고, 나는 작은
스크래퍼를 들고 팔이 빠져라 바닥을 긁었다.

오후 5시가 됐다. 엄마가 언니와 나를 데리러 오셨다. 추석 전날이었기 때문에 음식을 준비하러 할머니 댁에 가기로 했다. 엄마는 우리가 해놓은 바닥 밑 작업이 맘에 안 드셨는지, 두 팔을 걷고 바닥 청소를 시작하셨다. 엄마가 투입되니 작업은 더 빠르고 정확해졌다. 가족 네 명이 모두 달라붙어 나의 책방을 만들어주고 있으니, 괜히 마음이 찡해졌다. 고마웠다. 변덕이 심하고 제멋대로 행동하는 나에게 "언제까지나 하고 싶은 대로 살아"라고 말해주는 가족이 있어서 더 용감해질 수 있는 것 같다.

추석 연휴가 끝난 10월 5일, 다시 내부 공사가 시작됐다. 연휴 전에 칠을 해놓은 벽과 바닥이 모두 말랐다. 아버지는 남은 공사를 하시고, 나는 정리를 하며 냉난방기 설치 기사님과 간판 가게 사장님을 기다렸다. 두 분 모두 아버지가 아는 분들이었다. 금정역 '헐'에서 책방을 열려고 했다가 어그러졌을 때, '아는 사람'이라는 게 얼마나 중요한 건지 느꼈다. 돈이나 인맥이 아니면 책임을 지려고 하지 않는 사람들이 있다. 시간이 지날수록, 그때는 미처 눈치채지 못했지만 금정역 부동산 사장님의 말과 행동 속에 나에 대한 홀대와 무시가 있었던 걸 알게 됐다. 후드티와 배낭을 멘 체구가 작은 스물일곱 여자가 보증금 500만 원을 가지고 책방 겸 카페를 열고 싶다고 했을 때, 그가 느꼈을 황당함과 귀찮음을 이해하기로 했다. 그에게 돈도 없고 아는 사람도 아닌 나는 책임지지 않아도 되는 손님이었다. 매사에 최선을 다하는 것은 쉽지 않다. 생판 모르는 남을 배려하며 온정을 베푸는 어른이 되는

것은 대단한 일이다. 책방을 준비하는 동안 매일 같이 나는 그
대단한 어른이 되고 싶다고 다짐했다.

　냉난방기 설치를 시작하고 4시쯤 간판 가게 사장님이 오셨다.
근처에 일이 생겨서 지금 간판을 달 수 없다고 하셨다. "내가
다른 거하고 와서 5시에 달아 줄게요"라며 가셨다. 뭐, 알겠다고
하는 수밖에 없었다. 그 뒤로 아버지는 선반 공사를 하셨고, 나는
냉난방기 설치를 지켜봤다. 4시 반쯤 냉난방기 설치가 끝났다.
바람이 잘 나오는지 확인했다. 차가운 바람, 뜨거운 바람이 씽씽
잘도 나왔다. 설치 기사님이 가셨다. 아버지도 오늘 할 일을 다
했다며 가셨다.

　5시가 지나도 간판 가게 사장님은 오지 않으셨다. 5시
반이 지나도 아무 소식이 없었다. 6시가 되자 밖이 어두워지기
시작했다. 휴대전화 배터리도 20%밖에 남지 않았다. 하루
종일 내가 한 일이라고는 지켜보고 기다리는 것뿐이었는데,
지쳐버렸다. 엄마에게 전화해서 간판 사장님이 아직 안 오셨는데,
무슨 연락이 없었냐고 물어봤다. 엄마는 어차피 간판을 달기에는
늦었으니 그냥 집에 가라고 하셨다. 집에 돌아오면서 간판 가게
사장님의 무례함은 아는 사람이기 때문에 생긴 것일까 생각했다.

　다음 날, 점심때 약속이 있어 책방에 가지 않으려던 날이었다.
하지만 어제 못한 간판 설치를 위해 아침 9시쯤 책방으로 향했다.
내가 가니 이미 전면 간판이 붙어 있었다. 깔끔하게 '책, 꽃, 커피'가
쓰인 흰 간판이다. 기분이 좋았다. 이제 측면 간판을 설치할

차례다. 간판 사장님은 무슨 재료가 없다면서 옆 간판은 잠시 뒤에 달아준다면서 가셨다. 또 기다림이 시작됐다. 11시 반이 되도록 오지 않으셨다. 나는 12시에 있는 약속을 1시로 미뤘다. 12시가 되어도 간판 사장님이 오지 않으셔서 아버지에게 전화했다. 아버지는 알아서 하라고 말하겠다며 그냥 가라고 하셨다.

그다음 날이 되자 측면 간판이 달려있었다. 이 정도면 간판 가게 사장님은 내가 없는 곳에서 일하고 싶은 건가 생각이 들 정도였다. 어쨌든 전면 간판과 측면 간판이 다 달렸다. 나는 깔끔해서 좋았는데, 아버지는 뭔가 허전해 보인다고 하셨다. 글자 시트지를 전면 유리에 붙이는 걸 권하셨다. 괜히 입씨름하고 싶지 않고, 일단 해준다는 거니까 알았다고 했다. 왼쪽에는 크게 'BOOKS'를 붙이고 오른쪽에는 작게 'books, flower, coffee'를 붙이고 싶다고 간판 가게 사장님께 메일을 보냈다. 시안이 왔는데, 'BOOKS'는 너무 작았고, 'books, flower, coffee'는 너무 컸다. 그래서 'BOOKS'는 두 포인트 더 크게, 'books, flower, coffee'는 두 포인트 더 작게 폰트 크기를 조정해달라고 요청했다.

다음 날, 시트지가 도착했다. 나의 요청과 정확히 반대였다. BOOKS는 더 작아졌고, books, flower, coffee는 더 커졌다. 완성된 시트지를 보며 화가 났고, 이걸 붙일지 말지 고민했다. 애초에 하고 싶지도 않았던 걸 해야 하는 상황인데, 자꾸 내 의도에서 멀어지니까 짜증이 났다. 하지만 아버지와 아는 분이라 컴플레인을 쉽게 걸 수 없는 상황이었다. 그렇다고 이걸 안

붙이겠다고 하면 해준 아버지는 서운할 것이 분명했다.

결국 내가 마음을 비우기로 했다. 아는 사람이라고 해도 다 잘해주는 것은 아니라는 걸 또 배웠다. 자영업이라 자유롭게 일할 것 같았지만, 혼자 하는 일이 아니다. 간판뿐만 아니라 전기, 배관, 인테리어 공사 등. 내가 할 수 없는 부분은 남의 손을 빌려야 한다. 그러다 보면 내 생각과는 다른 결과가 나오기도 한다. 내가 할 수 없는 일에 매번 마음을 쓰고 속상해하기보다는 내가 할 수 있는 것에서만 최선을 다하기로 했다. 나의 열정만으로 모든 걸 해결할 수는 없다. 타인의 도움을 얻기도 하고 실망을 느끼기도 하며 자영업자가 된다.

매사에 최선을 다하는 것은 쉽지 않다. 생판 모르는 남을 배려하며 온정을 베푸는 어른이 되는 것은 대단한 일이다.

책방을 준비하는 동안 매일 같이 나는
그 대단한 어른이 되고 싶다고 다짐했다.

혼자 하는 일이 아니다. 내가 할 수 없는 부분은 남의 손을 빌려야 한다. 그러다
보면 내 생각과는 다른 결과가 나오기도 한다.

내가 할 수 없는 일에 매번 마음을 쓰고 속상해하기보다는
내가 할 수 있는 것에서만 최선을 다하기로 했다.

나의 열정만으로 모든 걸 해결할 수는 없다.
타인의 도움을 얻기도 하고 실망을 느끼기도 하며 자영업자가 된다.

예상하지 못한 첫 손님

책방 열기 하루 전날. 마무리 청소를 하다가 멈춰 서서 책방을
안을 둘러봤다. 바닥과 벽, 그리고 책장까지 모두 흰 페인트로
칠해서 밋밋해 보일까 봐 걱정했는데 책장에 놓인 색색의 책
표지들 덕분에 허전함은 없었다. 책을 고를 때 표지와 손에
잡히는 감각을 중시해서 아버지께 전면 책장을 만들어 달라고
부탁드렸다. 그리고 책 소개 글귀를 적어 붙여두었다. 많은 책을
가져다 놓을 수 없는 만큼, 왜 이 책이 여기에 있어야 하는지
이유를 설명하고 싶었다.

커피를 만드는 카운터 바는 내 키에 맞춰 낮게 만들었다.
바에는 에스프레소 머신은 없고, 핸드드립 도구와 모카포트가
놓여있다. 조금 느리게 만들어지는 커피라서, 커피를 기다리며

구경할 수 있는 것을 만들었다. 이탈리아에서 찍은 사진으로
포스터를 만들었고, 책장 하나는 턴테이블과 LP판에 할애했다.
들어왔을 때 싱그러운 향기를 느낄 수 있게 곳곳에 생화와
드라이플라워로 장식했다.

　　모든 준비를 마치고 감상에 젖을 틈도 없이 네이버
플레이스에 책방이 등록됐나 확인할 겸 초록 검색창에
'무늬책방'을 검색했다. 장소는 잘 등록됐는데, 장소 안내 바로
아래에 무늬책방에 다녀갔다는 블로그 글이 있었다. '아직 오픈도
하지 않았는데 다녀갔다고?' 의아해하면서 글을 눌렀다. 전날에
들렀던 손님이 쓴 글이었다.

　　마무리 청소를 하기 전날, 그러니까 서점 오픈 이틀 전에
정신없이 택배 상자를 정리하고 있을 때였다. 갑자기 서점 문이
열리더니 두 분이 들어오셨다. 너무나 자연스럽고 당연하게
들어오시는 두 분을 보며, 아무런 대비도 하지 않았던 나는
인사도 못 하고 멍하니 서 있기만 했다. 인테리어 공사를 하고
비품을 채우느라 그때까지 손님이 오시면 어떻게 말을 하고
행동할지 머릿속으로 한 번도 그려본 적이 없었다. 너무 당황해서
횡설수설하며 말했다.

　　"어... 아직 오픈 전인데요..."

　　그러자 이제는 두 분이 당황하셨다. 친구 사이 같은데,

핑장히 민망한 얼굴로 눈을 맞추며 입으로는 나에게 "어떡해...
죄송합니다..." 같은 말을 했다. 내가 더 침착하게 행동했으면
그 정도로 어색한 상황이 되지는 않았을 것이다. 여기까지
발걸음 해주신 것이 너무 감사해서 이대로 그냥 돌아가게
해서는 안 되겠다는 생각이 들었다. 허둥지둥하면서 일단
안으로 들어오시라고 안내했다. 그리고 정리 안 된 책방이지만
둘러보시라고 하고, 얼른 턴테이블로 가서 음악을 틀었다. 그리고
커피를 드시는지 물어봤다.

커피를 좋아한다고 답하신 두 분은 내가 커피를 내리는
동안 책방을 둘러보며 대화를 나누셨다. 수신지 작가의
『며느라기(수신지, 귤프레스, 2018)』를 보고 반가운 얼굴로 흥분해서
이야기하시는 걸 보고 뿌듯했다. 완성된 커피를 들고 가서 자리에
앉으시라고 안내하며 실례지만 어떻게 알고 찾아오셨는지, 수신지
작가를 좋아하시는지 물어보며 호들갑스럽게 말을 걸었다.

예전에 대학교에 다닐 때 종종 가던 혜화동 부근 책방
'이음'의 사장님 태도를 좋아했다. 과묵하지만 섬세하게 손님들을
응대하셨다. 나도 그런 주인이 되고 싶었다. 하지만 첫 손님부터
이미지 메이킹에 실패했다. 감사하게도 두 분은 불편해하지
않고 블로그를 보고 오셨다고 말씀해 주셨고, 수신지 작가를
좋아한다고 공감해 주셨다. 커피를 다 마시고, 정식으로 오픈하면
다시 오겠다고 했다. 가실 때까지 나는 두근두근한 마음을 감추고
있었다.

그때 다녀간 두 사람 중 한 분이 바로 다음 날 블로그에 후기를 올린 것이다. 그것도 아주 정성스럽게 써 주셨다. 사실 그 글을 읽기 전까지 나의 자신감은 저기 아래 바닥에 떨어져 있었다. 처음 창업을 결심할 때 턱 끝까지 가득 차 있던 용기는 막상 오픈을 준비하면서 사라졌고, '내가 책방을 연다고 누가 올까?'라는 의문이 계속 들었다. 아무도 책방을 궁금해하지 않고 관심도 없을 거라고 혼자 땅굴을 파고 있었다.

그런데 이렇게 오픈 전에 알고 다녀가시고, 게다가 좋았다고 글까지 올려주신 덕분에 자신감이 생겼다. 예상하지 못한 첫 손님들, 아마 오래 잊지 못할 것 같다(후기 : 두 분은 정말로 오픈하고 또 오셨다).

손님은 다 어디에 있을까

책방을 열고 일주일, 어느 정도 루틴이 생겼다. 문을 여는
시간은 오전 10시지만, 의욕이 넘쳐서 9시 전에 출근한다.
부지런을 떨며 화병의 물을 갈고, 생화 줄기를 사선으로 잘라서
다시 넣어준다. 가을이라서 생화는 일주일 정도 싱싱한 모습을
유지한다. 그리고 팟캐스트를 틀어놓고 청소를 시작한다. 즐겨
듣는 방송은 예스24에서 만드는 '책읽아웃'이라는 프로그램이다.
여기서 소개받은 책들을 읽어보고 정말 좋으면 입고할 때도 있다.
이탈리아에서 생활할 때부터 들었으니까 벌써 몇 년째 듣고 있는
방송이다.

　　청소가 끝나면 인스타그램 게시물을 올린다. 경기서점학교의
마케팅 수업에서 배웠는데, 팔로워 수를 늘리기 위해서는 하루에

인스타그램 게시물 두 개를 꼭 올려야 한다. 그래서 오픈할 때 하나, 오후 5시에 하나를 올리고 있다. 이게 별일이 아닌 것 같아도, 매일 두 개씩 사진과 글을 올린다는 게 쉽지가 않다. 그래서 요즘은 하루에 하나를 올리고, 주말에는 두 개를 올리는 것으로 바꿨다.

인스타그램 업로드까지 하고 나면 다른 사람들의 게시물들을 살펴보며 아침을 먹는다. 그날의 원두 상태를 파악할 겸 드립 커피를 한 잔 내리고, 집에서 챙겨온 삶은 고구마 반 개를 꺼낸다. 반 개라고 하면 아주 작을 것 같지만, 서산 할머니 댁에서 보내주신 팔뚝만 한 고구마다.

다 먹고 나면 카운터 안의 작은 개수대에서 설거지를 한바탕하고 그날 처리할 일 체크리스트를 작성하고, 일을 시작한다. 오픈 준비 중인 온라인 홈페이지에 상품을 등록한다. 독립출판물은 작가들이 입고 문의 메일을 줄 때 서지 정보와 사진을 함께 첨부하기 때문에 올리기가 편하다. 일반 출판물들은 직접 찍어서 올린다. 이 작업을 반복해서 하다가 질릴 때쯤 시간을 확인하면 12시 정도다. 그러면 서가 정리를 시작한다. 오픈 당시엔 서른 권 남짓한 작은 서가였지만, 어떻게 배치할지 고민은 끝이 없었다. 게다가 아직 추천사를 쓰지 못한 책들도 갈수록 늘어났다. 책을 읽는 시간만큼이나 추천사를 쓰는 데에도 꽤 시간이 걸린다. 그렇게 서가 속을 유영하다 보면 금세 오후 3시가 지난다.

아침에 괜히 일찍 일어난 탓인지 오후가 되면 맥을 못 추린다.

집중력이 떨어져서 커피를 한 잔 더 마시면서 블로그에 글을 쓴다. 아니면 유튜브 영상을 편집한다. 가끔 브런치에 글을 쓸 때도 있다. 기록용으로 이용하고 있는 플랫폼이 여러 개가 있어서 여기저기 기웃거리며 짧은 기록을 남긴다. 그러다 딴 길로 샐 때도 많다. 특히 유튜브는 놀 거리가 너무 많다. 어쩐지 몸에 힘이 없다는 핑계로 '마마무 청룡영화상'을 검색해서 호랑이 기운을 얻을 때도 있고, 즐거움을 얻기 위해 주기적으로 찾아야 하는 '조승우와 박경림의 배우왓수다 인터뷰'를 볼 때도 있다. 뭔가 웅장함이 부족할 때는 '블랙핑크 코첼라 라이브'를 검색한다. 이 밖에도 유튜브에는 일상을 다채롭게(혹은 시시하게) 해주는 새로운 영상들이 매일 업데이트 된다. 게다가 나는 넷플릭스와 왓챠 멤버십이 있다. '찜하기'와 '보고 싶어요'를 누르면서 미리 감상한 것 같은 기분을 만끽한다.

이렇게 유튜브 알고리즘과 개인적인 호감 목록을 훑어보다 시계를 보면 뜨헉! 한다. '벌써 시간이 이렇게 됐다고?' 하면서 정신을 차리려다가 못 차린다. 이럴 때 손님이 한 명이라도 와 준다면 현실 감각을 되찾겠지만, 그럴 일이 없다. 오픈한 지 일주일째, 첫 주말에는 지인들로 붐볐지만 평일이 되자 발길이 뚝 끊겼다. 오픈을 하기 전에 가장 많이 들었던 말은 '카페는 3개월 뒤부터 손님이 오고, 서점은 1년 뒤부터 온다' 였다. 그래서 괜히 미리 절망하지 않고 느긋하게 있기로 했다. 하지만 다짐과 달리 한 공간에서 혼자 하루 종일 시간을 보내는 것은 쉬운 일이 아니다.

오후 6시가 되면 독서를 시작한다. 내가 책을 읽는 습관을 들인 장소는 지하철이다. 대학교에 다닐 때 왕복 3시간 지하철 통학을 하면서 책을 읽었다. 4호선 상록수역에서 타서 1시간 정도 읽다 보면 6호선 환승역인 삼각지역에 도착한다. 그러면 책을 덮는다. 이때의 습관이 남아서 지금도 1시간 이상 독서는 어렵다.

대망의 오후 7시. 7시 이후 손님이 온 적은 오픈 일주일 동안 한 번도 없었다. 퇴근 시간까지 남은 1시간. 하루 매출을 정리하고 싶어도 정리할 매출이 없다. 속상한 마음을 감추기 위해 달달한 빵이나 과자를 먹는다. 이때도 손님이 올 거란 기대는 버리지 못해서 음식 냄새가 안 나는 걸 먹는다. 그리고 결국은 찾아온 8시. 집으로 출발하기 전에 도착하는 시각에 맞춰 배달 음식을 주문한다. 이건 다 스트레스 탓이라고 변명을 하면서.

오픈 2주 차. 사업을 하려면 아는 사람이 많아야 한다고 했다. 그래야 하나라도 사주고, 한 번이라도 들렀다 간다고. 예전에는 너무나 속물같이 들렸던 그 말에 이제는 전적으로 동의한다. 책방을 열고 친구들과 이전 직장동료들이 찾아와주지 않았다면 심적으로 정말 힘들었을 것이다. 나를 모르는 손님들이 온다면 좋겠지만, 동네에 책방이 생긴 것이 알려지려면 시간이 필요했다. 그래서 시간을 내어 와준 지인들에게 무한한 감사를 보내고 싶다. 게다가 그들은 어찌나 부지런한 사람들인지 오픈 1주 차에 올 만한 지인들이 모두 다녀갔다(물론 내 대인관계의 폭이 넓지 않음도 인정한다).

아무리 한적한 것을 원했다고 한들, 이렇게까지 조용하면 안 될 것 같다는 불안감과 조바심이 스멀스멀 올라온다. 이러다가는 정말 큰일 나지 싶다. 여기서 내가 말하는 '큰일'은 월 고정 지출을 감당할 수 없는 최악의 상황을 말한다. 생각난 김에 월 고정 지출을 정리해봤다.

관리비 : 100,000~200,000원(전기, 수도 포함)

CCTV : 24,000원

화재보험 : 70,000원(7년 만료 시 75% 환급/ 해지 시 60% 환급)

노란우산공제 : 100,000원(나중에 찾는 돈이라도 지금은 내 돈이 아니다)

총합 : 약 850,000원 + α

편하게 월 100만 원이 고정적으로 나간다고 생각하기로 했다. 여기에 책 매입 비용, 커피 재료비 등을 하면 적어도 월 130만 원은 벌어야 한다. 내 인건비는 1년 동안은 빼기로 했다.

열심히 계산기를 두드리고 있는데 책방 문이 열리고 언니가 들어왔다. 오늘도 손님이 없었다고 징징거리자 언니는 덤덤하게 말했다.

"익숙해져, 넌 책방을 차렸잖아."

투자는 몇 수 앞을 내다보고 하는 거라더니 언니는 보증금을
줄 때부터 이렇게 될 줄 알았던 것 같다.

책방을 준비하면서 투잡은 각오했다. 잘 되는 책방도
분명히 있지만, 대부분의 책방 주인들은 작업실 겸용으로
책방을 운영하며 다른 곳에서 돈을 번다. 그래서 나도
자연스레 야간 아르바이트 자리를 찾기 시작했다.

2. 책방의 오늘

무늬책방의 책들

무늬책방은 큐레이션 서점이다. 간단하게 말하면 책방 주인의
마음에 드는 책만 팔고 있다는 뜻이다. 내가 좋게 읽은 책들을
선별하여 판매한다. 이게 처음의 목표였다. 그래서 처음 책방을
열었을 때는 20여 종의 책만 있었다. 하지만 시간이 지날수록
'이대로는 안 되겠다'는 생각이 들었다.

　　일단 위치가 주택가 골목이었다. 근처에 학교가 있는 것도
아니고, 다른 볼거리가 있는 것도 아니라 상권으로 치면 정말
최악이다. 그래서 내게는 오로지 이 책방에 방문하기 위해
여기까지 먼 걸음을 한 손님들에게 많은 볼거리를 제공할 의무가
있었다. 책방을 장식하고 있는 여러 인테리어 요소 중에서 가장
중요하고 커다란 요소는 역시 책이다. 서가 목록에 변화가 없다면,

다시 방문했을 때 재미가 없을 것이다. 그래서 꾸준히 새 책을
입고해야 한다.

　문제는 여기서 생겼다. 새 책 중에 내가 좋게 읽은 책을
들여놓으려면, 나는 어디서 책을 읽어봐야 하지? 인터넷 구매하면
10% 할인해 주고 무료배송에 적립금까지 챙겨주는 인터넷 서점?
혹은 문구부터 향수까지 없는 게 없는 교보문고 핫트랙스? 아니면
월 단위로 구독할 수 있는 전자책 플랫폼? 책을 많이 읽어봐야
그중에 팔고 싶은 책을 고를 수가 있는데, 책을 읽어보려면
어디서든 일단 사야 한다.

　결국 아직 읽어보지 않은 책을 거래하고 있는 유통업체에
주문한다. 점점 책방 주인이 읽어본 책 중에 좋은 책들을 골라서
판매하는 큐레이션 서점이 아니라, 책방 주인이 읽고 싶은 책들을
판매하는 큐레이션 서점이 되어버렸다. 다행인 건 손님이 많지
않아서 주문한 책이 도착하면 읽어볼 시간이 충분하다.

　팔기 전에 책을 읽다 보면 '이 책은 괜히 주문했다'라거나
'이건 우리 책방에서 팔고 싶지 않다' 같은 후회가 생길 거라고
예상했었다. 하지만 신기하게도 그런 책은 없다. 어떤 책이든
장점은 꼭 있다. 그 장점을 발견하는 게 서점 주인의 역할이다.
가끔 장점을 발견하기 힘들 때는 왜 이 책을 주문했는지 생각해
본다. 표지를 꼼꼼히 보고, 소개 글을 두세 번 읽으면서 매력
포인트를 찾는다. 그게 책을 만든 편집자가 생각한 장점일 테니까.
어쩌면 책 읽기는 표지와 소개 글을 보며 읽고 싶다는 욕망이

생기는 그 순간에 시작되는 걸지도 모른다(그래서 나는 서점에서 책을 고르고 구매하는 것만으로도 반은 읽은 거라고 주장한다).

내가 책을 주문할 때 참고하는 몇 가지 방법을 소개한다. 첫째, 도서 팟캐스트를 열심히 듣는다. 예스24에서 만든 팟캐스트 '책읽아웃'을 매주 듣는다. 여기에서 소개하는 책 중에 안 읽으면 큰일 날 것 같은 책이 있다. 그런 책은 바로 주문한다. 그림책 『여름의 잠수(사라 스트리츠베리 글·사라 룬드베리 그림, 위고, 2020)』가 그렇게 만난 인생의 책이었다. 그리고 셀럽맷이 진행하는 '영혼의 노숙자'도 즐겨 듣는다. 책에 대한 이야기만 하는 방송은 아니지만, 가끔 작가들이 나와서 직접 자기 책을 홍보할 때 솔직하고 재미있다.

송지현 소설가의 에세이 『동해 생활(송지현, 민음사, 2020)』을 이 방송을 통해 알게 됐는데, 방송을 들으면서 정말 웃다가 우느라 진이 다 빠졌다. 요즘도 가끔 이유 없이 우울함이 찾아온 날에는 출퇴근 길에 박상영 작가가 말을 더 많이 하지만 주인공은 송지현 작가인 '영혼의 노숙자 - 동해 생활'을 듣는다. 얼마 전부터는 네이버 오디오 클립에서 '박상영의 상영회'를 듣기 시작했는데, 역시나 좋은 책을 많이 소개한다.

둘째, 좋아하는 작가의 책의 신간이라면 일단 입고한다. 작가에 대한 신뢰와 호감이 있으면 손님들에게 추천할 말이 많다. 나를 한국 SF 소설로 인도한 김초엽 작가와 천선란 작가의 책. 그리고 영혼의 위로가 되는 권여선 작가, 꼭 잘 팔고 싶은 수신지 작가, 프랑스 작가 파트리크 쥐스킨트의 작품들과 인도계 미국인이자 이탈리아어로 글을 쓰는 줌파 라히리의 책들이 이 경우다. 책방을 운영하면서 좋아하는 작가는 점점 많아지고 있다. 『돌이킬 수 있는(문목하, 아작, 2018)』으로 팬이 된 문목하 작가, 신간을 목 빠지게 기다리는 한정현 작가, 무해하고 아름다운 동화를 쓰는 루리 작가 등은 책방을 열고 알게 됐다. 좋아하는 작가가 많아지는 만큼 책방의 품는 세계가 점점 넓어진다.

셋째, 믿음이 가는 출판사에서 신간이 나오면 역시나 아무것도 묻지도, 따지지도 않고 입고한다. 『우리에겐 언어가 필요하다(이민경, 2016)』와 『김지은입니다(김지은, 2020)』등의 페미니즘 서적을 출간하는 봄알람 출판사의 책들, 그리고 시간의 흐름 출판사의 '말들의 흐름' 시리즈와 '카페 소사이어티' 시리즈는 매번 기대 이상이다.

마지막으로 손님이 주문하는 책이다. 책방에 없지만 이곳에서 구매하고 싶어서, 시간이 걸리더라도 책을 주문해주시는 고마운 분들이 있다. 그런 책은 나도 읽고 다른 사람들도 읽을 수 있게 손님이 요청한 수량보다 더 많이 입고한다. 이런 주문은 편협한 나의 서가를 다채롭게 한다.

이렇게 입고를 하다 보니, 책방에는 책이 점점 늘어났다. 많은 책들을 소개하고 싶어서 종수는 늘리고 부수는 줄였다. 한 종은 2부 정도 주문한다. 입고 소식을 듣고 왔는데 그사이에 품절되어버려서 판매를 못 한 적도 있다. 그런 분들에게는 양해를

구하고 다음부터는 인스타그램을 통해 미리 책이 있는지 물어봐
달라고 안내를 한다. 조금 불편함이 있지만 앞으로도 더 많은
책보다는 더 다양한 책을 판매하고 싶다. 서가에 있는 책이 왜
이곳에 있는지 제각각 이유가 있었으면 좋겠다.

팔기 전에 책을 읽다 보면 '이 책은 괜히 주문했다'라거나
'이건 우리 책방에서 팔고 싶지 않다' 같은 후회가 생길 거라고
예상했었다. 하지만 신기하게도 그런 책은 없다. 어떤 책이든
장점은 꼭 있다. 그 장점을 발견하는 게 서점 주인의 역할이다.
앞으로도 더 많은 책보다는 더 다양한 책을 판매하고 싶다. 서가에
있는 책이 왜 이곳에 있는지 제각각 이유가 있었으면 좋겠다.

SF에서, 에세이로

사실 책만 팔아서는 절대 먹고 살 수 없다. 우리 책방에서 일반적으로 책을 매입하는 단가는 판매하는 가격의 70%다. 독립출판물은 책이 판매되면 값을 지급하는 위탁판매 형식을 취하고, 기성출판물은 내 돈으로 구매를 해서 판매한다는 차이가 있지만 둘 다 공급률은 70% 정도다(잡지나 출판사 사정으로 공급률이 더 높은 도서가 있기는 하다).

예를 들어, 정가가 10,000원인 책이 있다면, 나는 7,000원에 그 책을 산다. 할인 없이 정가인 10,000원에 판매한다. 그러면 나에게는 3,000원의 이익이 남는다. 처음 이 시스템을 알고 굉장히 놀랐다. 장사의 기본 원칙이라고 생각했던 게 모두 깨졌다. 일단 원가가 너무 세다. 이렇게 남는 게 적은 물건은 박리다매를 해야 한다고 알고 있다. 그러나 수요가 아주 적기 때문에 박리다매가 애초에 불가능하다. 그렇기 때문에 책만 팔아서는 먹고 살 수 없다.

모임이나 이벤트를 기획해야 한다. 그래야 월세를 뛰어넘어 관리비를 낼 수 있다(생활비는 아직 멀었다). 독립서점에서 왜 그렇게 많은 모임을 여는지 알았다. 선택이 아니라 필수였다. 서점은 책을 매개로 한 서비스업이라는 게 밝혀졌다. 나도 여러 모임을 기획했다. 열었던 모든 모임을 나열하면 '반년 사이에 무슨 모임을 그렇게도 많이 열었냐'고 의아해할 정도로 많이 열었다. 물론 그만큼 많이 닫기도 했다. 그중 내 마음에 큰 흔적을 남긴 몇몇 모임이 있다.

한국 여성 작가 SF 소설 읽기 모임

처음으로 연 독서 모임이었다. 지금 보면 이름이 너무 거창했다. '여성 작가', 심지어 'SF 소설'이라니... 아무리 최근 출판계에서는 이슈라고 해도, 독자들이 유행이라고 느끼기는 아직 부족했다. 한 권은 읽어도 여러 권을 연속해서 읽는 건 무리다. 그래서 참가자를 모집하는데 꽤 어려움을 겪었다. 그래도 어떻게 애를 쓰다 보니 3명이 모였고, 4주 동안 매주 화요일 저녁에 만나 천선란 작가의 단편집『어떤 물질의 사랑(천선란, 아작, 2020)』을

함께 읽었다. 이 모임의 가장 큰 장점은 읽어야 할 분량이 적다는
것이었다. 한 번 모일 때 단편 2개를 읽어오니, 모임 전에 한
시간만 일찍 책방에 와서 읽어도 충분했다.

이 첫 모임의 멤버들은 독서 모임 경험도 풍부하고, 글쓰기도
즐기는, 한마디로 책에 일가견이 있는 사람들이었다. 덕분에 한
달 동안 많은 이야기를 나눌 수 있었다. 하지만 2주 째부터 내
마음은 조급해졌다. 다음 책 선정과 새로운 멤버 모집이라는
과제가 부여됐기 때문이다. 여기서 너무 큰 부담을 느꼈는지 나는
일을 그르치기 시작했다. 3주 차 모임에서 다음 기수 책을 어떤
것으로 할지 함께 정하면 좋겠다고 제안했다. 그런 상황에서 이번
달 모임까지만 오고, 다음 모임은 꼭 신청하지 않아도 된다고
말했지만, 듣는 사람들에게는 은근히 부담됐을 것이다. 분위기에
휩쓸려서 그 당시에는 다음 달 모임도 참여하겠다고 말했지만,
막상 시작되자 나오지 못하겠다고 한 사람도 있었다.

내가 저지른 가장 큰 실수는 책 선정이었다. 사공이 많으면
배가 산으로 간다. 여러 사공이 함께 정한 책은 세계 여성 SF
걸작선『야자나무 도적(은네디 오코라포르 외 28명, 아작, 2020)』이었다.
'한국 여성 작가 SF 소설 모임'이라는 취지와도 먼 선택이었고,
새로운 멤버를 유입하기에는 장벽이 너무 높은 고전 단편
소설집이었다.

이런 불안 요소들을 당시에는 몰랐기 때문에 다음 달에
약속한 대로『야자나무 도적』모임이 시작됐다. 분위기를 타고

함께 책을 정하기는 했지만 빠진 사람이 있어서, 나를 포함해서 3명으로 이루어진 소소한 모임이 됐다.

독서 모임 인원이 3명이면 아슬아슬한 기분이 된다. 한 명이 빠지면 단둘이서 모임을 진행해야 하기 때문이다. 이때 준비한 성의를 생각해서 약속대로 진행을 할지, 혹은 더 많은 이야기를 듣기 위해 다른 날로 바꿀지 책방 주인은 딜레마에 빠진다. 결국 총 네 번의 일정 중 두 번이나 멤버들 사정이 있어 전체 일정을 바꿔야 했다.

시간은 서로 조율해서 수정했지만, 모임을 진행하면서 책의 난도 문제가 수면 위로 드러났다. 책이 너무 어려웠다. 다른 문화권의 소설인 데다가 1960년대에 쓰인 고전 SF 작품들도 있었다. 지난 달 모임과 똑같이 단편 2개를 읽어오는 분량이었지만 훨씬 부담스럽게 느껴졌고 대화의 소재도 적었다. 게다가 12월 중순부터 코로나19 전염병이 2차 확산되며, 거리 두기 단계가 격상됐다. 이로 인해 마지막 만남을 가진 뒤, 모임은 중단됐다.

만회할 기회가 없어서 더 아쉬움이 크다. 다음 기회가 주어진다면 좀 더 잘해보고 싶다는 미련이 있다. 다음에 이 모임을 재개하게 되면 이름은 바꾸지 않을 계획이다. 시간이 지날수록 한국 여성 작가 SF 소설에 대한 관심이 커질 거라고 믿어 의심치 않기 때문이다. 운영 방식은 반드시 바꿀 것이다. 독서 모임에 많이 참여해 본 사람들로 구성됐던 만큼 나는 판을 예쁘게 깔아주기만 해도 충분했는데, 참여하면서 내가 너무 신이 나고

몰입해버렸다. SF 소설을 다루는 만큼 모임 전에 자료 조사를
더 많이 하고, 거기에서 내 역할을 끝냈으면 좋았을 것이다.
다음부터는 준비에 열성을 다하고 모임 당일에는 한 발 뒤로
물러나 듣는 역할이 되어야 한다. 그리고 한 번의 모임이 끝난
뒤에는 다음 모임 준비에 또 힘을 쏟아야 한다. 현재 멤버들의
말을 참고하되, 새로운 멤버가 유입될 수 있도록 다음 책을
결정해야 한다. 그리고 어떤 일이 있어도 모임 이름에서 벗어나는
책 선정은 피해야 한다.

수요일 에세이 읽기 모임

　　소설은 아무래도 진입장벽이 높다. 어디선가 들었는데, 책을
좋아하게 되는 순서가 '에세이→소설→시'라고 했다. 그래서
평소에 책을 즐겨 읽지 않지만, 이제 좀 읽어보려는 사람들의
모임을 열고 싶어서 에세이 읽기 모임을 만들기로 했다. 이렇게
모임의 취지를 정하고 기획했는데, 가장 중요한 용기가 안 생겼다.
　　모임을 기획할 때까지는 신이 난다. 하지만 막상 포스터를
만들고, 인스타그램과 블로그에 올리고 홍보를 하려고 하면 겁이
난다. 아무도 신청하지 않을 것 같아서 걱정이 되고, 기가 죽어서
침울해질 것이 무섭다. 주저하고 있던 참에, 한 손님이 오셨다.
오픈한 첫 주부터 꾸준히 방문해주시는 고마운 손님, M 님이다.

구석 자리에 가방을 놓으시고 커피를 주문하셔서 이런저런
안부를 묻게 됐는데, 독서 모임에 참여하고 싶었지만 소설 모임이
있는 화요일은 시간이 안 되어서 아쉬웠다고 하셨다. 이때다
싶어서 혹시 다른 날에 에세이 읽기 모임을 열면 참여하실 의사가
있는지 조심스럽게 물어봤다. 흔쾌히 참여하고 싶다고 하셨고,
가능한 요일을 알려주셨다. M 님이 말씀하신 요일 중에, 책방
사정을 고려해서 수요일에 모임을 열기로 했다. 산뜻하고 가벼운
마음으로 참여할 수 있는 모임을 만드는 게 목표였다. 그래서 홍보
글도 이렇게 썼다.

　'서툴러도 괜찮고 아무렇게나 읽어도 되는 독서 모임. 일도
열심히 하는데 책까지 죽자 살자 읽을 필요가 있나요? 하지만 함께
읽으면 같은 이야기도 더 깊이 다가올 때가 있습니다. 그래서 같이
읽으면서 더 깊이, 더 즐겁게 읽고 싶어서 모임을 엽니다.'

　첫 번째 책은 에밀리 넌의『음식의 위로(에밀리 넌, 마음산책,
2020)』로 정했다. 모집 공고를 올리자 참여 의사를 확실히 밝혀주신
M 님을 비롯해 3명의 멤버가 모였다. 그렇게 나를 포함해서
4명으로 시작했는데, 첫 모임 후에 한 명이 사정이 생겨 빠지며 또
3명만 남았다. 다시 말하지만, 3명으로 구성된 독서 모임은 정말
힘들다. 한 명이라도 당일에 일이 생기면 모임 일정을 조정해야
하고, 무엇보다 말을 많이 해야 한다. 읽은 것보다 더 많은 말을

해야 하는 상황이 되면 절대 가벼운 모임이 될 수 없다. 몇 차례 일정 조정을 했지만, 어쨌든 책을 다 읽었고 모임을 무사히 마쳤다.

두 번째 책은 임경선의『태도에 관하여(임경선, 한겨레출판, 2015)』로 정했다. M 님은 취업 준비로 새로운 모임에는 참여하기 어렵다고 하셨다. 괜찮았다. 모집 기간에 5명이나 신청을 해서 마음에 여유가 넘쳤다. 하지만 시작하기 전에 1명이 빠지고, 첫 모임에 불참했던 1명이 앞으로도 나오기 힘들다는 의사를 밝히며 결국 또 고정 멤버는 3명이 됐다. 나를 포함하면 4명이니 간신히 데드라인은 넘겼다.

SF 소설 모임의 멤버들이 '책'에 적극적이었다면,『태도에 관하여』모임 멤버들은 '대화'에 적극적이었다. 자신의 이야기를 꺼내는 데에 주저함이 없었고, 다른 사람의 말에도 귀 기울이고 솔직한 반응을 했다. 모임이 끝날 때마다 나는 그날 내가 한 말들을 생각하며 실수는 없었는지 검토했고, 혹시나 있었다고 판단되면 반성했다. '그때 그 사람의 말에 이런 반응을 했다면 더 좋았을걸!' 하면서 후회를 하기도 했다. 그리고 내 말에서 잘한 점이 있었다면 어떤 것이었는지 생각하고 스스로 칭찬했다. 대화하는 법을 다시 배우는 것 같았다. 나도 그렇고 모임에 애정을 품은 멤버들 덕에 지속될 것 같았지만, 이 모임도 2020년 12월에 중단됐다. 코로나19의 2차 대확산으로 인해 거리 두기 단계가 높아져서 모일 수가 없었다.

프레드릭에서, 다시 SF로

독립서점이라는 공간은 진입장벽이 높다. 평소에 책을 좋아하는
사람이라도 대형서점이나 도서관이 아닌 독립서점 문을 열고
들어오기는 쉽지 않다. 독립출판물이 가진 마이너함이 분명히
있기 때문이다. 모든 일이 그렇지만 새로운 세계로의 첫발을
내딛기, 그게 참 어렵다. 그래서 책에 관심이 없는 사람들도
책방에 들어올 수 있도록 다른 유인책을 쓰기로 했다. 물론
커피도 있지만, 높은 퀄리티의 상품을 파는 상점이 워낙 많아서
굳이 구석에 있는 우리 책방까지 올 이유가 없다. 아예 관심사가
다른 사람들에게 이 책방을 알릴 방법이 필요했다. 그게 바로
와인이었다.

프라이데이 프레드릭 와인 모임

  이탈리아에서 가이드로 일할 때, 선배들과 와인 스터디를
했었다. 유익했고, 즐거웠다. 술 마시는 모임이 그렇게 깔끔하게
즐거울 수가 있다는 걸 처음 알았다. 책방에서도 와인 모임을
열면 관심사가 다른 사람들과 깔끔하고 유익한 만남을 할 수 있을
거라고 기대했다. 내가 와인 전문가가 아니고, 다양한 와인을
마셔본 경험이 있는 것도 아니었기 때문에 스터디를 열기로
했다. 말 그대로 함께 와인을 마시면서 공부하고 대화를 나누는
모임이다.

  인스타그램에 모집 공지를 올렸지만, 일주일이 넘도록 반응이
없었다. 결국 첫 모임은 내 친구 두 명과 독서 모임 멤버 한 분으로
조촐하게 열렸다. 그래도 즐거움은 풍족했다. 두 번째 모임은
7명이나 모였다. 당근마켓의 힘이 컸다. 홍보할 때 인스타그램만
이용하다가 처음으로 당근마켓을 이용했는데, 여기를 통해 귀한
멤버들이 왔다.

  코로나19 심화로 거리 두기 단계가 격상됐을 때도, 조촐하게
서너 명만의 와인 모임은 계속 열었다. 이 모임의 이름은 레오
리오니의 그림책『프레드릭(레이 리오니, 시공주니어, 1999)』에서
따왔다. 이 그림책은 다른 들쥐들은 일을 해서 식량을 모을 때,
이야기와 색깔을 모으는 들쥐 프레드릭의 이야기다. 추운 겨울이
되면 식량이 필요할 거라고 예상하지만, 오히려 온기를 녹일

따스한 이야기가 필요하다. 나는 술에 취할 때마다 이 책의 마지막 장면이 생각난다. 책방을 오픈하고 초창기에 친구들이 방문하면, 문을 닫고 종종 와인이나 맥주를 마셨다. 얼큰하게 취하면 술버릇으로 이 책을 펼쳐 읽었다. 마지막 장면의 마지막 대사(아직 이 책을 보지 않은, 부러운 분들을 위해 마지막 대사는 잠깐 숨겨두고자 한다)를 말할 때는 곳곳에서 탄성이 나온다.

프라이데이 프레드릭 와인 모임은 와인을 매개로 이야기를 모으는 모임이다. 추운 겨울이 왔을 때 외롭지 않도록, 다양한 사람들의 삶을 모으는 시간이었으면 하는 마음에 만들었다. 그래서 코로나19의 2차 대확산으로 거리 두기 단계가 격상됐을 때도, 안전수칙을 지키면서 조촐하게 열었다. 우리에겐 이야기가 필요하니까.

온라인 SF 북클럽

코로나19의 2차 대확산으로 2020년 12월 23일 이후에 책방에서 열리는 모든 모임이 중단되고 있었다. 다녀가는 사람이 줄어드니 책방은 조용해졌다. 미칠 것 같았다. 종일 손님이 없어도 저녁에 모임이 있으면 견딜 수가 있는데, 모임이 없어지니 그냥 낮부터 밤까지 홀로 앉아서 시간을 보내야 했다. 게다가 할 일도 사라졌다. 독서 모임이든 와인 모임이든 미리 책을 읽고 할

이야기를 어느 정도 생각해 놓아야 했는데, 모임이 사라졌으니 할 일도 그만큼 사라진 것이다.

돈도 없는데 사람도 없다. 우울한 기분에 더 우울해지려고 인스타그램 돋보기를 눌러 구경하다가 광고 글을 보게 됐다. '원티드'라는 온라인 이직 중개 플랫폼 사이트에서 북클럽을 주최할 클럽장을 모집한다는 광고였다. 사업 확장을 위해 커리어 성장을 돕는 서비스의 일환으로, 비대면 온라인 북클럽 진행을 지원하는 것이었다. 원티드라는 기업에 대해서는 잘 몰랐지만, 북클럽을 하면 20만 원을 준다는 말에 혹했다. 그래서 일단 지원했다. 20만 원은 나에게 아주 큰 돈이니까. 오프라인으로 진행하던 SF 북클럽을 온라인으로 변형시켜 의미를 적고, 목표를 더해서 기획서를 냈다. 오랜만에 이력서를 쓰는 기분이었다.

클럽장 소개서도 써야 했는데, 다른 북클럽 클럽장들의 소개 글을 읽으니 경력이 화려했다. 열고자 하는 북클럽과 관련하여 어디에서 근무했고, 무슨 프로젝트를 수행했고, 무엇을 하고 있다고 홍보하고 있었다. 나도 SF 소설과 관련된 활동을 했다고 쓰고 싶었지만 그런 활동은 한 적이 없기에 꿈이 SF 소설 작가라고 써버렸다. 과거는 지어낼 수 없어도 미래는 지어낼 수 있으니까.

기획서를 낸 지 일주일이 안 되어서 통과됐다는 연락이 왔다. 의외의 수확이었다. 혹시나 플랫폼을 통해 북클럽을 열고자 하는 사람에게 도움이 되기를 바라는 마음으로 당시 기획서를 첨부한다.

미래의 최전선에서 생각하기,
SF 소설 읽기 모임

2016년, 이세돌과 인공지능 알파고의 대결. 2020년, 마스크를 상시 쓰고 다니고 위치 추적을 당하는 것이 일상인 팬데믹 사회. 우리는 SF에서 상상하던 세계를 실제로 살아가고 있습니다. 시대 상황과 맞물려 젊은 작가들의 도약으로 한국 SF 문학계는 그 어느때보다 전성기를 맞이했습니다. 김초엽 작가의 첫 소설집 『우리가 빛의 속도로 갈 수 없다면』은 15만 부를 돌파하며 출판계에 파란을 일으켰고, 『보건교사 안은영』을 쓴 정세랑 작가는 장르와 매체를 넘나들며 활약하고 있습니다.

SF는 현실을 반영하면서 '지금 이곳 너머'를 말합니다. 이 모임은 한국에서 주목받는 젊은 작가들의 책과 SF 장르의 고전을 읽으면서 미래의 최전선에서 생각해보는 시간을 가지고자 합니다.

○ 읽을 책

· 『나는 절대 저렇게 추하게 늙지 말아야지』

심너울(아작, 2020)

제목 때문에 펼쳤다가 통찰에 놀라는 작품입니다.

미래를 이야기할 때 필연적으로 현재의 우리는 과거가

되어버립니다. 근미래에 우리는 어떤 세대격차를 느끼게

될까요? 과학과 사회, 그리고 문학적 상상력이 결합한

작품입니다.

· 『우리가 빛의 속도로 갈 수 없다면』

김초엽(허블, 2019)

15만 부 판매를 돌파하며 한국 SF 문학의 전성기를

이끌고 있는 작품입니다. 김초엽 소설가는 2020년

서점인이 뽑은 올해의 소설가이기도 합니다. SF가

보여주는 상상력, 그리고 전복성을 보여주는 작품입니다.

○ 이런 분들께 추천드립니다.

· 〈그래비티〉, 〈인터스텔라〉, 〈컨택트〉, 〈마션〉 등

SF 영화를 재미있게 봤던 분

· 한국 문학의 트렌드를 알고 싶은 분

· SF 장르에 대한 이해를 넓히고 싶은 분

· 남몰래 혼자 좋아하던 SF 장르를 같이 좋아하고 싶은 분

○ 클럽장 소개

· 박무늬

대학교 졸업반 때 자소서를 쓰다가 소설 쓰기에 재능이

있다는 것을 알고 글을 쓰기 시작했습니다. 1인 출판사를

설립하고 책을 두 권 만들었습니다. 글을 쓰면서 디지털 노마드로 살고 싶었지만 의뢰가 들어오지 않아, 일단 해외에 있는 한국 여행사에 취직했습니다. 이탈리아 로마에서 현지 가이드로 일을 하다가, 2020년 코로나 19로 직장이 사라졌습니다. 그 뒤로 취업과 창업 사이에 고민하다 창업을 택하고, 경기도 안산에 독립서점을 열었습니다. 지금은 서점에 앉아 틈 나는 대로 글을 쓰고 있습니다. SF 소설 작가로 데뷔하는 게 꿈입니다.

이렇게 북클럽 홍보는 열 수 있었지만, 누군가 참여를 하겠다고 해야 시작할 수 있다. 다른 북클럽들이 『모든 비즈니스는 브랜딩이다(홍성태, 쌤앤파커스, 2012)』,『콘텐츠의 미래(바라트 아난드, 리더스북, 2017)』 같은 책으로 마케터를 유혹하거나 『디자인의 디자인(하라 켄야, 안그라픽스, 2007)』,『일단 해보라구요? UX(이경민, 안그라픽스, 2020)』 같은 책으로 '커리어 성장'을 도모하는 반면, 나의 SF 북클럽은 말만 번지르르한 취미 모임이었다. 애초에 내가 SF 소설을 자기계발과 커리어 성장을 위해 읽는 게 아니었으니까 당연했다. 자기계발의 여지가 없는 모임의 본질을 알아봤는지 모집 기한 마감 이틀 전까지 최소 인원인 3명이 모이지 않았다. 신청자는 2명이었다.

그래서 마음을 접고 아예 잊고 있었다. 솔직히 온라인 독서 모임을 해본 적이 없어서 오프라인 모임에 비해 대화를 주고받기 힘들 거라는 편견도 있었다. 그래서 안 열려도 그만이라는 심정이었는데 모임이 열리기 이틀 전날 저녁, 갑자기 관리자로부터 전화가 왔다. 그때까지 신청을 한 2명 중 한 명이 강력하게 모임을 원한다고 원티드 관리자에게 모임 개설을 요구하는 메일을 보냈다고 한다. 그 적극적인 한 분 덕분에 나를 포함해서 3명으로 모임이 열렸다. 2주에 한 번 구글 미트를 이용해서 온라인 화상 모임을 했다. 멤버 수가 적으니 정해진 스케줄이 아니라 서로에게 맞춰가면서 진행했다.

결과적으로 기대했던 것보다 훨씬 재미있었다. 직업군과 세대가 달라서 전혀 접점이 없을 것 같은 세 사람이 모여 화상 채팅을 하는데 대화의 핑퐁이 자연스러웠고 즐거웠다. 정보의 범람 시대에, 취하는 정보와 그것을 바라보는 윤리적 시선이 비슷한 사람들을 만나는 것은 쉽지 않은 일이다. 선정 도서에 대한 이야기 외에도 최근 사회적 이슈에 대해서도 이야기를 나눴다.

첫 번째 모임을 무사히 마치고, 두 번째 모임이 열렸다. 이때쯤, 한국에 '클럽하우스'가 런칭됐다. 우리는 SF 북클럽답게 클럽하우스로 독서 모임을 진행해봤다. 이 모임이 아니었다면 새로운 것에 본능적인 거부감을 품고 있는 나는 절대로 클럽하우스 같은 건 하지 않았을 거다. 타이밍 좋게 개봉한 한국 SF영화 〈승리호〉를 각자 보고 이야기를 나누기도 했고, 한

멤버가『우리가 빛의 속도로 갈 수 없다면』의 한 장면과 유사한
세계관이라고 적극 추천해서 영화 〈소울〉을 보러 가기도 했다.
모임을 할 때마다 지적인 자극을 많이 받았다. 머릿속에 폭죽이
팡팡 터지는 느낌이었다. 나에게 있는지도 몰랐던 편견의 벽이
그들에 의해 존재감을 드러냈고, 그들에 의해 무너졌다.

　이 모임을 하며 은유 작가의 말에 공감했다.

　"집단적으로 이루어지는 책 읽기를 통해서 우리는 자신의
편협함을 확인하고 어떤 존재의 풍부함을 깨닫는다(『글쓰기의
최전선』, 은유, 메멘토, 97쪽)"

　마지막 모임이 끝나고 상쾌하게 멤버들과 헤어진 뒤에,
친구들을 만나 소주를 많이 마셨다. 이별이라도 한 것 같은
기분이었다. 앞으로 이런 모임은 다시 없을 거라는 예감이 들었다.
그래서 '처음처럼'을 마셨다. 멤버 중 한 사람이 말했던 것처럼,
이 모임이 좋았던 이유는 사람들이 좋았기 때문인 것 같아서
또 다른 모임을 만들 자신이 없었다. 그런 내 마음을 알았는지
원티드에서도 다시 모임을 열라는 제안은 없었다.

프라이데이 프레드릭 와인 모임은 와인을 매개로 이야기를 모으는 모임이다. 추운 겨울이 왔을 때 외롭지 않도록, 다양한 사람들의 삶을 모으는 시간이었으면 하는 마음에 만들었다. 그래서 코로나19의 2차 대확산으로 거리 두기 단계가 격상됐을 때도, 안전수칙을 지키면서 조촐하게 열었다. 우리에겐 이야기가 필요하니까.

왜 그렇게 사냐고 묻는다면

책방을 연 지 3개월 차를 넘어섰을 때였다. 그간 돈을 벌기는커녕 까먹기만 했다. 다행히 3월까지는 소상공인 버팀목 자금을 받은 것으로 월세와 관리비를 낼 수 있었다. 그 이후가 문제였다. 2월 말에 있는 정부의 서점 지원 사업에 선정되어 지원금을 받는다고 해도, 5월까지 살 수 있는 정도다.

책방을 준비하면서 투잡은 각오했다. 잘 되는 책방도 분명히 있지만, 대부분의 책방 주인들은 작업실 겸용으로 책방을 운영하며 다른 곳에서 돈을 번다. 그래서 나도 자연스레 야간 아르바이트 자리를 찾기 시작했다. 언니에게 말했더니, "너는 도대체가 가만히 있을 줄을 모른다"라며 말렸다. 하지만 "가만히 있으면 돈이 생겨? 누가 일이라도 더 시켜줘?"라는 내 반박에 아무

말 하지 않았다. 부모님께는 말하지 않는 게 좋겠다는 생각은 둘 다 같았다.

당시 커피 수업 기본 과정을 듣고 있었는데, 수업이 끝나면 심화 과정이 듣고 싶었다. 그리고 지금 책방 자리 계약이 끝나면 더 많은 사람들이 올 수 있는 장소에서 무늬책방 시즌2를 열고 싶었다. 괜찮은 커피 머신과 그라인더를 둔다면 더 좋겠지. 하고 싶은 걸 다 하려면 가만히 있을 수가 없었다.

집에서 5분 거리에 있는 초밥 가게에서 수, 토, 일 오후 10시~새벽 2시까지 마감 파트타이머로 일하기로 했다. 나는 스무 살 때부터 월급 받을 때 빼고는 알바를 쉰 적이 없는 찐 알바몬이다. 가장 짧게 일 한 곳은 파리바게뜨 고로케 튀기는 알바였다. 튀김용 기름이 팔에 튄 게 너무 아파서 하루 일하고 도망쳤다(연고를 주지 않았다고!). 가장 최악이었던 곳은 버거킹이었다. 일하는 사람들이 군기를 잡고 텃세를 부렸다. 여기서 처음 직장 내 따돌림을 경험했다. 그 따돌림을 버텨야 무리로 받아준다나 뭐라나. 가장 오래 일한 곳은 경리단길 프렌치 카페였다. 이곳에서 일만큼이나 같이하는 사람이 중요하다는 걸 깨달았다.

제일 편하게 일한 곳은 PC방 야간 알바였다. 담뱃재 치우는 것만 빼면 소위 말해 '꿀' 빨았다. 나는 여기서 일하면서 19세에서 20세 정도의 남자 아이들 문화를 접하게 됐다. 다른 나라로 여행을 떠난 것보다 훨씬 더 큰 문화 충격을 겪었다. 이 밖에도 패션쇼

헬퍼 당일 알바, 이탈리안 레스토랑 알바, 공장 알바 등을 했다.
일본에서 살 때는 편의점 알바를 반년 넘게 했고, 아웃백 주방
알바도 잠깐 했다.

이렇게 경험이 많다 보니 아르바이트 첫날에 내가 이곳에서
오래 일할 수 있을지 없을지 판단할 수 있다. 교육하는 사람이
텃세를 부리지 않고 친절하고 상냥하면 일주일은 일할 수 있다.
그리고 교육할 때 알려준 일 외의 것을 무리하게 요구하지
않는다면 한 달을 채울 수 있다. 나머지는 시급이 결정한다. 일이
엄청나게 많고 강도가 센데, 최저 시급을 준다면 나 같은 경력직(?)
알바는 그만둔다. 그런 건 사회 경험이 아직 부족한 스무 살
초반 친구들로 채워질 것이다. 내가 그랬듯이. 아르바이트 채용
공고에서 25세 미만만 뽑는 사장님들의 속내는 뭘 모르는 애들
데려다 싸게 일 시키겠다는 심리가 있다고 생각한다.

초밥 가게는 일주일은 할 수 있을 것 같았다. 알려주는
사람들이 착했다. 하나하나 차근차근 알려줬고, 실수하면 다들
처음에는 실수한다고 다독여주고, 무엇보다 칭찬에 후했다. 10시
이후에 일하는 것이다 보니 포장과 마감 청소가 주된 일인데,
내가 소스를 뿌리고 랩으로 싸기만 해도 이렇게 빨리 외운 사람은
이때까지 없었다고 박수를 쳐줬다. 야간이다 보니 매니저나
사장님이 없었는데, 그럴수록 알바생들끼리의 분위기가 정말
중요하다. 야간 알바는 '프로 의식'보다는 실수를 해도 이 정도는
넘어가 주자는 '동료애'가 필요하다.

첫날에는 교육생인 나를 포함한 주방 3명, 카운터 2명으로 총 5명이 일했다. 새벽 1시 50분쯤에 주방을 마감하고 마지막 배달 오토바이가 주문 완료 신호를 보내기를 다 함께 기다렸다. 2시 조금 넘었을 때 오토바이 기사님으로부터 배달 완료했다는 신호가 왔다. 가게 문을 닫고 나왔다. 근무 내내 나를 교육 해준 선배 두 명과 집으로 가는 방향이 같아서, 일할 때 못 나눈 개인적인 이야기들을 나누며 걸었다.

구수한 사투리를 쓰는 선배 1이 곁눈질로 나를 가리키며 선배 2에게 물었다.

"근데, 쟈는 몇 살이래?"

선배 2는 내 나이를 몰랐고, 선배 1도 어차피 나한테 물어본 거였으니까 직접 대답했다.

"저 스물여덟이요."
"헐. 죄송합니다. 누나."

아주 기분 좋은 반응이다. 굳이 이 민망함의 책임을 묻는다면, 네 탓이 아니란다. 이 나이에 알바 시작한 내 탓이지. 책방 열면서는 너무 어리다는 말만 들었는데, 여기서는 매우 송구한 취급을 받았다. 나이는 참 상대적이다.

잠시 후, 선배 1은 다른 골목으로 갔다. 남은 선배 2와 함께 가면서 대화를 더 나눴다. 같은 동네이다 보니 자연스럽게 학교 얘기가 나왔다. 알고 보니 같은 중학교 출신이었다. 하지만 그게 무슨 소용인가. 선배 2는 2001년생이고 나는 1994년생인데. 내가 별 반응을 하지 않자 선배 2는 쓸데없이 자기가 빠른 01이라고 강조했다(어쩌라고). 그리고 나에게 물었다.

"누나 대학은 나왔어요?"

그렇다고 대답했다. 그랬더니 어디 대학 나왔냐고 물어봤다. 이렇게 직접적으로 출신 대학을 묻는 것이 요즘 애들의 룰인가 싶어졌다. 이러다 통장 잔고까지 물어 볼까 봐 불안했지만 그래도 답을 기다리고 있길래 말해줬다. 내 대답을 듣고 놀란 선배 2가 물었다.

"헐. 근데 왜 이러고 있어요?"

악의 없는 순수한 물음에 나는 살의를 느꼈다(이 와중에 라임 Queen). 그 학력이면 알바하지 말고 과외를 하는 게 낫지 않냐는 뼈아픈 질문도 이어졌다. '너 아까 나 포장 잘하고 소스 잘 뿌린다고 칭찬했잖아 흑흑'이라고 속으로 한번 울고, "너는 이러고 있지 말고 군대나 가^^" 라고 말해주며 헤어졌다.

사람이 사는 모습은 다양하다. 특히 청춘을 겪어내는 모습은 천이면 천 명, 만이면 만 명에게 다 다를 것이다. 『동해 생활』을 쓴 송지현 작가는 2013년 등단한 소설가다. 조울과 세상의 흐름에 불화하는 자신에 대한 마음의 병으로 사는 것을 힘들어한다. 그러다 동해로 떠난다. 동해에 아파트가 있다. '아파트'라고 하면 굉장한 자산 같지만, 가계가 기울 때 아버지가 떼인 돈 대신 받아온 매매가 1,100만 원의 1.5룸 아파트다. 이 애물단지에서 살아보기로 결심하고 짐을 싸서 동해로 간다. 처음에는 하루 20시간씩 잠을 잔다. 조금씩 덜 자게 될 무렵, 송지현 작가의 동생도 매일 야근을 하던 회사를 때려치우고 동해로 온다.

자매가 함께 사는 동해의 아파트에는 가끔 서울에서 친구들이 오고, 자주 술 파티가 벌어진다. 동해에서 친구도 생긴다. 그러다 돈이 필요해져서 마트 판촉 판매 아르바이트도 해보고, 망상 해변의 한 카페에서도 아르바이트를 한다.

그냥 동해에서 사는 이야기인데, 이 '그냥'이 재미있고 따뜻하다. 별사건이 없는 것 같은데 사건투성이인 일상을 읽다 보면 그걸 표현하는 섬세한 유머에 실실 웃게 된다. 유머러스하지만, 등장하는 어느 한 사람도 우스워지지 않다는 게 대단하다. 오히려 한 사람의 삶에 이렇게 사랑이 넘칠 수 있다는 걸 알게 되면서 감동이 느껴진다.

선배 2는 아직 세상에서 나 홀로 늦어버렸다는 자괴감을 느껴본 적이 없을 수도 있다. 대책 없는 무기력을 모를 수도 있겠다. 나도 남의 우울과 절망을 잘 모르듯이 말이다. 하지만 내가 모른다고 그런 게 없는 건 아니다. 그냥, 이런 삶도 있고 저런 삶도 있는 것이다. 남들보다 어린 나이에 소설가로 등단해서도 글이 안 써질 정도로 무력감을 느껴서 동해로 떠나는 사람도 있고, 비싼 돈 주고 대학교를 나와서도 어린 친구들 밑에서 일하며 최저시급을 받는 사람도 있는 것이다. 그러면서 당당하기까지 한 내가 있고.

그런 내게 왜 그렇게 사냐고 물으면, 꼭 『동해 생활』을 선물하고 싶다.

멀어져야 깨닫는 소중함

책방에 찾아온 친구 한 명이 물어본 적이 있다. "거기(카운터 안)
하루 종일 앉아서 뭐 해? 할 일이 있어?" 정곡을 찔린 기분이었다.
손님이 없는 책방의 주인은 할 일이 딱히 없어 보일 수 있다.
커피를 주문하는 손님이 오면 커피를 타지만, 그조차도 없는 날이
태반이다. 그래도 나는 못 박힌 듯 카운터 안에 앉아서 노트북을
두드리고 있다. 노트북으로 주로 편지를 쓴다.

　　입고 메일에 답장을 한다. 독립출판 작가들은 책을 입고할
때 메일을 통해서 하는 경우가 많다. 말 그대로 '독립'적으로
만든 책이니까, 홍보나 책방에 입고도 직접 해야 하는 것이다.
책방 인스타그램 프로필에 있는 메일을 보고 거기로 책 소개와
자신의 책을 팔아달라는 입고 메일을 준다. 서점을 열기 전에 나도

독립출판을 해봤다. 그때 많은 서점에 메일을 보냈었는데, 첫 번째 책을 출간하고 메일을 보냈을 때는 답장이 안 오는 서점도 있었고, 대부분의 서점으로부터 거절 의사가 담긴 메일을 받았었다.

두 번째 책은 거절한 서점 보다 받아 준 서점이 더 많았다. 가끔은 먼저 입고 제안을 준 서점도 있었다. 처음에는 이런 메일 하나하나에 의미를 두고, 기뻐하거나 속상해했지만 메일이 쌓이면서 점차 그러려니 하게 됐다.

이제는 작가의 입장이 아니라 서점 입장에서 입고 메일에 답장을 쓴다. 처음에는 작가들의 입고 메일 하나 하나에 심혈을 기울여서 겹치지 않도록 답장을 보냈다. 하지만 작가 시절의 내가 보냈던 메일처럼 점차 그러려니, 하게 됐다.

다른 서점에서는 잘 팔리는 책이 우리 책방에서는 한 권도 안 팔릴 때도 있다. 독립서점은 제각각 개성이 강하다. 우리 책방의 색깔과 맞는 책을 입고해야 한다는 걸 알았다. 게다가 우리 책방을 찾는 손님들은 독립출판물에 대한 수요가 적다. 그래서 거절을 할 때는 우리 서점의 방향과 맞지 않는다는 말로, 수락할 때는 공급률과 주소가 적힌 입고 조건과 함께 잘 팔아보겠다는 말을 무덤덤하게 복사-붙여넣기 한다. 분명히 진심이지만, 이상하게도 직접 얼굴을 볼 때보다 정성이 실리지 않는다. 이럴 때 얼굴이 보이지 않으면 진심도 무덤덤해질 수 있다는 걸 깨닫는다. 시간이 지나며 입고 메일이 너무 많이 쌓여서 거절의 경우에는 답변을 하지 않는 상황도 늘었다.

이렇게 입고 메일에 답장을 보낼 때 무던해지는 것을 보면, 아무래도 오프라인형 인간인 것 같지만, 전혀 아니다. 책방 업무에서 가장 묵직한 일은 '수요일의 편지'다. 책방을 연 첫 주, 책에 대한 이야기와 책방의 소식을 전하는 메일링 서비스를 시작했다. 월 2만 9천 원의 이용료를 내고 '스티비'라는 뉴스레터 시스템을 이용하고 있다. "매주 수요일, 책방지기가 편지를 보내드립니다"라고 했지만, 책방이 워낙 작고 혼자 일하다 보니 책방의 소식보다 개인적인 생각이나 나의 일상 이야기의 비중이 크다. 초반에는 '이 정도까지 말해도 될까?' 걱정하면서 보내기 버튼을 누르기 직전까지도 망설였다. 내가 쓰는 글에 대한 확신이 없었다. 그러다 편지 구독자가 100명을 돌파했을 때 설문조사를 했는데, '가장 인상 깊었던 에피소드'를 뽑아달라는 질문에 내가 만취해서 진상을 부렸던 일상 이야기에 표를 준 사람이 많았다. 그때부터는 좀 더 자신감 있게 쓰게 됐다.

더 풍성한 글을 전하고 싶어서 일부러 카페를 가거나 영화를 보는 일도 생겼다. 편지를 보내기 위해 사건을 만드는 스스로를 발견할 때는 헛웃음이 나오기도 했지만, 주기적으로 내 글을 읽어주는 독자가 있다는 것은 누구나 쉽게 가질 수 있는 기회는 아니다. 그걸 스무 번째 편지 정도를 쓰면서 깨달았다. 나는 엄청난 행운을 누리고 있다.

책방을 연 지 6개월 차에 수요일의 편지 구독자가 130명을 돌파했다. 가끔 구독자로부터 답장을 받기도 한다. 답장을 바라고 쓴 편지가 아닌데, 너무나 큰 행복을 정통으로 맞아버린다. 나만 내적 친밀감을 쌓은 게 아닌지 꽤 친근하게 자신의 이야기를 들려주는 답장도 있다. 거리와 관계없이 소통하고 있다는 기분이 든다.

그래서 오늘도 나에게 찾아온 행운을 누리며 편지를 쓴다. 지금 책방 안에 손님은 없지만, 이곳이 아닌 어딘가에서 수요일에 책방을 떠올릴 수 있도록.

책방 업무에서 가장 묵직한 일이 편지를 쓰는 것이라면, 가장 기본이 되는 일은 자리에 앉아있기다. 책방을 열기 전에는 그게 뭐가 어렵냐고 생각했었다. 내가 생각했던 것보다 훨씬 지루하고 힘들다. 나는 공간에 외향적인 편은 아니다. 새로운 곳을 가는 것을 별로 안 좋아한다. 가던 음식점, 가던 술집, 익숙한 골목을 좋아한다. 새로운 곳이라도 익숙한 감성이 있는 공간을 고른다. 걷는 걸 좋아하지만, 출퇴근 길에 30분씩 걸으니까 충분하다고 생각했다. 아니었다. 외향적인지 내향적인지의 문제가 아니었다.

한 자리에 혼자서 하루 종일 앉아 있는다는 건 아주 어려운 일이다. 학창 시절을 생각해보면 당연히 어려운 거였는데, 나이가 들었다고 그게 쉬워지는 건 아니다. 답답하다. 시간이 너무 느리게 간다. 물론 책을 읽으면 시간은 빨리 간다. 문제는 책조차 읽기 싫을 때가 있는데, 그럴 때는 문을 열고 뛰쳐나가고 싶다.

쉬는 날, 친구들과 만나기로 약속을 잡을 때 친구들이 우리 책방에서 만나자고 하면 결사반대한다. 나 좀 데리고 나가줄래?

밖에서 만나자, 제발.

이렇게 나가고 싶지만, 내 마음 내키는 대로 문을 닫을 수는 없다. 그래서 자꾸 핑계를 만든다. 돈이 안 되는 모임을 열기도 하고, 문을 열기 전에 산책하러 멀리 가기도 했다. 하지만 그래도 주 6일을 한 공간에 앉아 있다 보면 또 울분이 쌓인다. 그래서 충동적으로 제주도 여행을 떠나기로 했다. 2박 3일을 가려고 했는데, 그러려면 비행기 시간을 고려해서 연속으로 3일을 책방 문을 닫아야 했다. 어른들 말씀이 장사가 안되어도 문은 계속 열어야 한다고 했다. 내 생각에도 그건 맞는 말이다. 이틀까지는 괜찮은데, 사흘은 너무 게을러 보였다.

그래서 꾀를 냈다. 일일 책방지기를 모시기로 한 것이다. 책방에 자주 오며 나와 친구가 된 손님, '포춘쿠키'에게 책방을 맡겼다. 커피를 내리지 않아도 괜찮으니 자리를 지키며 책만 팔아달라고 부탁했다. 포춘쿠키는 흔쾌히 수락했다. 기왕 일일 책방지기를 모시는 김에 북 큐레이션도 요청했다. 가만히 자리만 지키고 앉아 있기에는 우리 책방에는 손님이 많지 않고, 포춘쿠키에게도 의미 있는 시간이 되기를 바랐다. 그래서 '내 인생에 무늬를 남긴 5권의 책'을 주제로 큐레이션을 맡겼고, 선정된 책들을 입고해서 한 달 동안 판매를 하기로 했다.

내 큐레이션과 추천사만 보던 손님들에게도 신선했을 것이다. 다른 사람의 인생에 무늬를 새긴 책과 그 이유를 읽어보는 건 꽤 재미있다. 그 사람이 어떤 사람인지 알게 되고, 자신의 삶에 무늬를 남긴 책은 무엇일까 돌이켜 볼 기회를 준다. 잔꾀를 부린 것이 예상보다 훨씬 좋은 방향으로 흘러갔다.

여행에 다녀오니 책방에 대한 나의 애정도 훨씬 깊어졌다. 떨어져 있어 봐야 소중함을 깨닫게 된다. 내 책방이 얼마나 편안하고 재미있는지 멀어지니 알게 됐다. 여행을 가기 전까지 '내가 책방을 계속할 수 있을까?' 생각했다면, 다녀와서는 '2년은 더 할 수 있을 것 같아!'로 바뀌었다. 그래서 앞으로도 종종 훌쩍 떠날 계획이다(다음에는 언니가 일일 책방기지를 해주기로 했다).

스스로에게 약속한 1년은 채울 수 있을 것 같았는데, 2년은 못 할 것 같았다. 지금 생각해보면 그때가 슬럼프였다. 어차피 2년을 못 채우고 닫을 거라면, 더 정들기 전에 지금 책방 문을 닫는 게 낫지 않을까 진지하게 고민했다.

3. 책방의 내일

성공보다 실패에 익숙하려면

월간 〈채널예스〉에 실린 김영지 작가의 인터뷰에서 가슴을 치는 문장을 발견했다. 코로나 때문에 게스트 하우스 '망원동 노란집'을 결국 접게 된 심정이 어떠냐고 묻는 질문에 김영지 작가는 이렇게 답했다.

"제가 성공보다 실패에 익숙한 사람이더라고요. 일이 어그러지거나 복잡해져도 스트레스를 받지 않는 편이에요."

새 책에 대한 인터뷰여서 망원동 노란집에 대한 이야기가 핵심은 아니었다. 하지만 나는 한참 동안 이 문장에 멈춰 있었다. 읽었지만 들리는 것 같았다. 많은 것을 겪은 사람만이 낼 수 있는,

성공보다 실패에 익숙하다고 말하는 덤덤한 목소리가.

주변 사람들의 도움을 받아서 책방을 열었지만, 그 뒤로 운영은 온전히 내 몫이다. 책방을 유지하기 위해서는 끊임없이 새로운 것을 기획해야 한다. 그 과정에서 크고 작은 실패들을 겪고 있다.

연초부터 5월까지는 문화진흥원 등의 정부 기관이나 기업의 문화 사업 일환으로 동네 책방 지원 사업 공고가 꽤 많이 올라온다. 지원 규모가 크든 작든, 책방이 살아남는 게 먼저이기 때문에 보이는 대로 지원한다. 지원 사업들의 공모 기간이 겹치는 경우가 많은데, 기획서에 쓸 아이디어는 중복되면 안 되니까 머리에 쥐가 나도록 아이디어를 짜낸다.

친화력이 좋아서 손님과 금세 친해지는 편도 아니고, 주변에 예술 분야 일을 하는 친구도 없어서 문화 행사를 기획하는 게 맨땅에 헤딩하는 거나 마찬가지다. 작가 초청 행사를 하고 싶어도 초청 메일을 보낼 용기도 없고, 양식도 모르고, 초청을 한다고 해도 진행할 능력이 안 된다. 책방을 운영 중인 나는 대표이면서, 기획팀이고, 동시에 홍보팀이고, 운영팀이면서, 재무팀이기도 하다. 문제는 그 팀원들이 다 신입이라는 거다. 능력치와 경험치가 모두 부족했다. 스스로의 한계를 많이 느꼈다.

길게 근무한 적은 없지만, 다년간의 아르바이트와 짧은 직장 생활 중에서도 "일 못 한다"는 말은 들어본 적이 없었다. 하지만 그건 어디까지나 '신입인데 잘한다' 정도의 수준이었다. 책방

일은 가이드라인이 따로 없었고, 보고 배울 사람도 없었다. 더 큰 문제는 내가 너무 일을 못 하는데, 자를 수도 없고, 혼을 낼 수도 없다는 거다. 화가 나도 답답해도 그냥 해야 한다. 내 아이디어가 구리다는 걸 알면서도 일단은 온·오프라인 프로그램과 행사를 기획하고, 기대효과를 적고, 예산을 짠다.

하다 보면 늘겠지, 하나라도 걸리는 데가 있겠지, 써 보는 것도 경험이겠지. 이런 마음으로 4월에 지자체에서 여는 독서 모임 지원 사업과 동네 책방 지원 사업에 지원서를 3개 썼다. 5월에도 2개 썼다. 계속 쓰다 보니 하고 싶은 행사를 먼저 생각하는 것이 아니라, 할 수 있는 범위 내에서 하고 싶은 일을 찾기 시작했다. 그러면서 조금 나은 기획서를 쓰게 된 것인지, 다행히 공모 사업 하나에 선정됐다. 기획팀이 한 단계 성장했다. 물론 이게 끝이 아니다. 이젠 운영팀과 홍보팀, 재무팀이 차례대로 울면서 성장할 차례다.

어느 날은 동네 책방 모임에서 행사 기획에 대한 이야기를 하다가 어떤 아이디어에 대해 "그런 거 안 해봤는데 할 수 있을까요?"라고 말했다. 그러자 한 책방 대표님이 "저도 처음엔 그랬어요. 책방을 하면서 할 줄 아는 게 많아졌어요"라고 하셨다. 그 대표님은 책방에서 행사를 열려고 북 바인딩을 배우셨다고 했다. 꾸준히 북 바인딩 워크숍을 열고 있는 책방이라, 당연히 처음부터 잘했을 거라고 생각했다. 7년 차, 10년 차 서점 대표님들을 보면 모든 것이 능숙해 보인다. 하지만 그들도 수많은

실패를 겪으면서 익숙해지고 무뎌진 게 아닐까. 평온한 얼굴
아래로 울고 있는 기획팀, 운영팀, 홍보팀, 재무팀이 숨어 있을
거다. 그 말을 듣고 내가 할 수 있는 것의 범위를 조금씩 늘리기로
했다.

이렇게 책방을 계속 운영하면 나도 저런 목소리를 가질 수
있을지도 모르겠다. 이렇게 자주 패배하고 무너지다가, 어느
순간에는 주저앉는 것도 익숙해져서 아무 일도 아니었다는 듯
'뭐, 그럴 수도 있지'라고 말하는 덤덤한 목소리를 갖게 된다면
좋겠다. 아직은 아니다. 실패가 부족한지 매번 무릎이 까지고
팔꿈치에 멍이 드는 기분이다. 이 글을 쓰는 현시점에는 재무팀이
'e나라도움' 실행으로 매우 힘들어하고 있다.

모이지 않는 사람들

사실 사업 공모 탈락은 내가 겪는 실패 중에 그나마 타격감이 적은 편이다. 내가 기획서를 썼는지 아무도 모르고, 공개적으로 누가 본 것도 아니니까 괜찮다. 아무 일 없던 것처럼 지나갈 수 있다. 하지만 책방 내에서 모임을 기획한 것이 반응이 없는 경우에는 많이 쓰다. 입에 너무 쓴 음식을 먹어버린 것처럼, 다음에 그 음식을 마주할 때 트라우마가 되어 버린다.

　『2021 젊은작가상 수상작품집(전하영 외 6명, 문학동네, 2021)』을 읽다가 너무 좋아서 여러 사람과 이 책의 감상을 나누고 싶었다. 마침 책방에 입고했던 동네책방 에디션 10부가 금방 팔리기도 해서 온라인 독서 모임을 열기로 했다. 2주 전부터 인스타그램에 유료 홍보를 하고, 네이버 블로그 '우리동네 동네책방'에도 노출시켰다. 최소 인원 3명, 최대 인원 15명을 생각했다. 하지만 모집 기간 동안 신청자는 단 한 명뿐이었다. 단둘이서 온라인 독서 모임을 할 수는 없다. 결국 최소 인원 미달로 모임은 엎어졌다. 이후로 어떤 모임을 기획할 때마다 이때가 트라우마처럼 번져 불안해진다.

가끔 클래스나 모임을 열어 달라고 쉽게 말하는 사람들이 있다. 이 책방에서 하는 무언가에 참여하고 싶다는 마음은 너무 감사하지만, 흘려들어야 한다. 괜히 그 달콤한 말에 휩쓸려서 모임을 열었다가 잘 안되면 다치는 건 나다. 모임이 열리지 않는다고 물질적인 손해를 보는 것은 아니지만, 기획해서 올린 모임에 아무도 반응해주지 않을 때 외로워진다. 스스로에게 회의감을 느낀다. 아직 실패에 무뎌지지 않아서 많이 아프다. 그래서 어떤 모임을 주최하기가 두렵다. 아무렇지 않을 자신이 없다. 최대한으로 소극적인 태도를 취한다. 그래도 운명이라는 게 있는 건지 열릴 모임은 내가 아등바등 애쓰지 않아도 열린다. 운명에 따라 열리면, 그때부터 열심히 하기로 했다.

지원 사업과 마찬가지로 가까스로 시작한다고 해도 그게 끝이 아니다. 어쩌다가 최소 인원을 채워 모임을 열게 되어도, 내가 생각했던 것만큼 좋은 시간이 되지 않는 경우도 허다하다. 다양한 사람이 모이니까 다양한 소리가 있고 그만큼 버라이어티한 상황이 연출되는 게 당연한데, 그걸 자연스럽게 받아들이기가 쉽지는 않다. '기대가 커서 실망하는 것'이라는 말을 믿고 살아왔는데,

독서 모임을 비롯한 여러 모임을 운영하며 그 말에 신뢰를 잃었다. 기대하지 않았는데도 실망할 일은 정말 많이 생긴다. 내 기대에는 상한선이라는 게 있는데, 실망에는 하한선이 없다.

한번은 모임이 끝나고 너무 속상해서 책방에 혼자 앉아서 참회의 술을 마신 적도 있다. 온라인으로 진행된 모임이었는데, 솔직히 너무 재미가 없었다. 감상을 나누는데 마치 자기소개서에 쓰기 위해 억지로 책을 읽고 독서 토론에 참여하는 고등학교 입시생들처럼 전형적인 말을 했다. '이 책을 읽고 뭘 느꼈고, 뭘 반성했고, 그래서 앞으로는 이렇게 하기로 다짐했다'는 식의 독서감상문 읽기 시간이었다. 같은 책을 읽어서 책 요약은 없는 게 다행이라면 다행이었다. 분위기 조성을 잘하지 못한 운영자(=나)의 탓도 물론 있지만, 애초에 모인 사람들이 다양하지 못해서 그랬다고 생각한다. 어느 유명 서점 기업의 온라인 책 모임 베타 버전이었는데, 대학생들의 참여 신청을 받아서 열린 것이었다. 신청자들의 나이는 모두 20세에서 23세 사이였다. 이 활동을 통해 대외활동에 쓸 말이 한 줄은 더 생겼을 것이다.

책 모임을 하며 가장 큰 즐거움을 느끼는 순간은 공감의 순간이다. 공감은 차이에서 시작한다. 다른 상황 속에서 각자의 인생을 살다가 만난 사람들이 하나의 책을 읽고 자신이 느낀 것을 말로 표현했을 때, 공감의 지점들을 찾으며 생기는 쾌감이 있다. 한 책에서는 비슷한 점을 찾고 다음 책에서는 차이점을 찾을 때도 있다. 그렇게 관계 발전을 경험하고, 나의 지평이 넓어지는 기분을 느낀다. 독서 모임은 다양한 직업군과 나이의 사람이 모인 편이 재미있고, 모임이 지속적일수록 그 재미는 커진다. 참여했던 다른 사람들의 감상을 멋대로 판단할 수는 없지만, 나는 다시는 이 모임에 참여하고 싶지 않았다.

실패의 최종 보스

실패했을 때, 스스로에게 건넬 수 있는 진심 어린 위로의 말은 여러
가지가 있다. '괜찮아, 실패는 성공의 어머니라고 했어. 다음에는
성공할 거야.' 하지만 실패가 너무 빈번하면 이 말은 효력을
잃는다. 다음의 성공보다 다음의 실패가 더 빨리 오기 때문이다.

코로나19의 확산으로 책방을 찾는 손님이 급격하게 줄었던
연초에는 성공이 올 기미가 안 보였다. 아슬아슬하고 불안한
날들이 이어졌다. 그때 나는 어쭙잖은 위로의 말을 스스로에게
던지는 대신, 조용한 책방에 홀로 앉아서 최종 보스를 상상했다.

책방을 운영하는 데 있어서 가장 크고 최종적인 실패는,
바로 책방 문을 닫는 것이다. 장사가 안 된다. 늘 다음 달 월세가
걱정이다. 내 생활비를 줄이고 줄여도 도무지 돈이 없다. 책방

지원 사업에 선정되어도 한두 달 수명이 더 늘어나는 것일 뿐, 지속성이 없다. 결국 로또에 당첨되거나 갑자기 내 꿈을 후원해주겠다는 심심한 부자가 나타나지 않는 이상 언젠가 통장 잔고는 바닥난다. 그러면 책방 문은 닫아야 한다.

아이러니하지만, 최종 보스를 상상하면 마음이 좀 편해진다. '아직 진짜 큰 실패는 오지 않았어. 그때를 대비해서 아플 마음을 좀 남겨두자.' 이렇게 속으로 다짐하면 눈앞의 실패는 처음의 걱정보다 작게 느껴진다. 진짜 무서운 건 실체를 모르는 것, 예측할 수 없는 거라고 했다. 게임도 그렇다. 처음 오락실에서 보글보글을 했을 때는 다음 스테이지로 넘어갈 때마다 긴장이 됐다. 어떤 맵과 몬스터가 나올지 모르니까. 하지만 다 알아버리면 그때는 캐릭터가 죽어도 재미있다. 최종 보스로 누가 나오는지 알면, 중간에 실수를 하거나 죽어도 크게 상심하지 않는다. 돈을 넣고 다시 최종 보스를 보러 가면 되니까. 그러면 게임이 재미없지 않느냐고 할 텐데, 일상은 게임이 아니니까 긴장되고 자극적일 필요가 없다. 나는 긴장을 즐길 정도로 강한 멘탈이 아니다.

책방 운영이라는 게임에서 최종 보스의 정체는 문을 닫는 거다. 보스의 정체가 탄로 났다. 게다가 예측 가능하다. 책방 문을 언제 닫는지는 통장을 보면 알 수 있으니까. 그래서 힘들 때는 지금의 실패가 보스가 아니라고 생각한다. 진짜 보스가 나타나는 날, 책방 문을 닫는 날을 생각하며 슬플 여력을 좀 남긴다.

다정함이 넘쳐흐르는 책방

너무 징징거렸다. 나도 안다. 그렇게 힘들면 그냥 때려치우라는 말을 들어도 할 말이 없다. 내 어리광을 들어주는 사람이 많아서 그렇다. 책방을 여는 데 도움을 준 가족들도 그렇고, 친구들도 그렇고, 심지어는 손님들까지도 나의 투정을 받아준다.

책방을 열고 초기에는 주변 사람들에게 비관적인 말이나 부정적인 이야기를 하면 안 될 거라고 생각했다. 그저 꾹 참고, 생글생글 웃으면서 '나는 하고 싶은 일을 하며 살아서 행복해요'라는 분위기를 풍겨야 한다고 믿었다. 하지만 절대 그럴 수 없다. 책방을 열고 사장님이 된다고 하루아침에 사람이 바뀌는 건 아니다. 삶은 여전히 고단하고, 지루하다.

그럼에도 책방 열기를 잘했냐고 누군가 물어본다면, 그렇다고 할 것이다. 책방에 가만히 앉아 있을 뿐인데 여러 나라를 여행하는 것만큼 존재의 지평이 넓어지는 기분이다. 자신만을 향하던 나의 시선이 조금씩 밖을 향하고 있다. 책방을 열기 전에는 상상하지 못했던 기분을 느낀다.

　　나쁜 손님, 좋은 손님은 없다고 생각한다. 곧 잊어버릴 손님과 잊고 싶지 않은 손님이 있을 뿐이다. 당연히 사람을 상대하는 일이니까 무례한 사람도 가끔 있고, 모임을 하다 보면 무책임한 사람에 실망할 일도 있다. 하지만 그런 일은 비율로 따지면 극소수다. 자극적이기는 하지만 여운이 길게 남지는 않는다. 친구들에게 그 사람들 욕을 실컷 하고 내 특기인 비아냥거리기를 하고 나면 금세 잊어버린다. 하지만 기쁨을 선사한 사람들, 감동을 준 손님들은 잊히지 않는다. 그 사람들은 말소리와 발걸음마다 애정의 흔적을 남긴다. 그 흔적이 깊고 커서 나의 책방에는 다정함이 넘쳐흐른다.

　　추억을 담고 있는 물질 자체에 의미를 부여하는 성격이 아니다. 그래서 학창 시절부터 친구들이 준 편지나 애인과 나눠 가졌던 반지 같은 것들도 몇 번의 이사를 하면서 어디에 있는지 모르게 됐다. 이런 스스로를 알아서 선물은 소모품을 선호한다. 그런데, 이런 내가 책방의 손님들에게 받은 것들은 고이 모서 두고 있다. 하트 모양이 잔뜩 있는, 덜 세련됐지만 귀여운 분홍색 박스(이것 역시 한 손님이 주셨다)에 받은 쪽지나 선물의 포장을 넣어 두고 생각날 때마다 꺼내 본다.

한번은 마음이 가득 담긴 손편지를 받은 적이 있다. 책방에 자주 오는 커플 손님이 있는데, 너무나 고맙고 사랑스러운 사람들이다. 여자분은 혼자 오셔서 오래 앉았다 가실 때도 있는데, 어느 날 나가는 길에 편지를 주고 가셨다. 친구나 애인에게 받은 편지는 고마우면서도 한편으로는 당연하게 생각했다. 나와 관계를 맺으면서 이 관계에 대한 신뢰와 애정을 표현하는 방식 중의 하나라고 여겼다. 하지만 손님이 준 편지는 다르다. 이들은 내가 파는 상품을 자신의 돈을 지불하고 구매한다. 적절한 대가를 이미 치렀는데 그것을 넘어서는 마음을 건넨 것이다. 그래서 받기에 송구했다.

감히 이런 것을 받아도 괜찮은 것일까, 자꾸 나 자신을 들여다보며 여는 것을 망설였다. 괜히 눈물이 날 것 같아서 테이블을 닦고, 잔을 한 번 더 닦았다. 한참을 그렇게 편지를 책상 위에 올려둔 채 읽지 못하고 있다가 겨우 마음을 먹고 펼쳤다. 연습장 종이에 빼곡히 적힌 글자들을 보니 한없이 부끄러워졌다. 내가 주는 것보다 더 큰마음이 있어서 너무 미안해졌다. 줄 수 있는 것이 하찮아서 그만 납작 엎드리고 싶었다.

그들은 나의 마음을 가져갔다. 나는 너무나 미안했고, 그래서 자꾸 좋은 사람이 되고 싶어졌다. 잘 살고 싶다. 지금도 이따금 쪽지나 꽃을 주시거나 사장님이랑 같이 먹고 싶다고 쿠키 같은 것을 사 오시는 분이 있다. 그런 손님들의 마음은 아무것도 아닌 내 삶에 자꾸 의미를 부여한다.

여러 마음으로 만들어진 행운

책방에 앉아서 이런 복잡한 마음을 느꼈던 순간을 떠올리면 하룻밤을 새우도록 이야기해도 모자랄 것 같다. 한 명, 한 명 떠올리다 보면 안주가 나오기 전에 소주를 마셨을 때처럼 가슴이 찡하고 아려온다.

　　지난 1월, 평일 오후 6~7시쯤에 매일 오시던 손님이 있다. 몇 번 보고 얼굴이 익었을 때 대화를 하게 됐다. 이제 막 스무 살이 됐고, 고등학교 때 간호를 전공해서 지금은 이 근처에서 간호조무사 실습을 하고 있다고 했다. 병원이 근처라서 퇴근 후에 들리는 거라고 하셨다. 추운 겨울이었는데도, 꼭 아이스를 마셨다. 그만큼 시원한 사람이었다. 올 때마다 싱그럽고 밝은 에너지를 뿌려 놓았다. 그때는 코로나가 극심해졌을 때라 수도권 거리 두기

2.5 단계로 카페에 앉아 있는 게 불가능했다. 손님이 정말 없었다. 하루 종일 그분 한 명만 오는 날이 많았다. 정말 출근을 하기 싫은 날에도 그분을 생각하며 가게에 나왔다. 먼지를 쓸고 카운터 테이블을 닦았다.

그렇게 매일 오던 사람이 안 오면 서운할 줄 알았다. 하지만 매일 하던 걸 안 한다고 서운한 건 친구나 연인 관계지, 손님과 사장 관계는 그렇지 않다는 걸 깨달았다. 평일에 계속 오시던 분이 어느 날은 안 오셨다. 궁금했지만, 그냥 별일 없이 오늘도 행복하기를 바랐다. 훨씬 더 맛있는 걸 먹는다든지, 기분 좋은 일이 있어서 가 볼 데가 생겼기를 바랐다.

그분은 1월 내내 일주일에 네다섯 번씩 찾아주셨다. 그러다 1월 말에 우리 할아버지가 돌아가셨다. 4일 연속 가게 문을 닫게 됐고, 다시 문을 열었을 때 그분은 오지 않으셨다. 그사이에 실습 기간이 끝난 것 같았다. 실습이 끝나면 바로 대구에 있는 학교로 간다고 하셨던 게 어렴풋이 기억났다. 대구로 가시기 전에 선물을 드리고 싶어서 패브릭 포스터를 준비했는데, 전하지 못했다. 그저 잘 지내시기를 바라는 마음뿐이다.

책으로 맺어진 인연이 뜻밖의 행운을 불러오기도 한다. 아직 봄이 오기 전인 2월 초에 자전거를 타고 왔던 손님이 있었다. 책방 앞 빈 곳에 자전거를 주차하는 소리가 나서 들어오실 때부터 지켜봤다. 체온계에 온도가 안 나올 정도로 체온이 낮았지만, 꽤 달리셨는지 물을 한 잔 먼저 줄 수 있겠냐고 물으셨다. 가실 때 자전거를 탄 뒷모습을 한참 지켜봤다. 건강함을 전달받는 기분이었다. 봄이 온다고 외치는 소리를 듣는 것 같았다.

이후로도 그 손님은 가끔 오셨다. 자전거를 타고 오실 때도 있고, 아닐 때도 있었다. 그래도 건강한 에너지는 똑같았다. 주로 월요일에 오셨다. 기억이 확실하지는 않지만, 아마 그분이 세 번째 방문하셨을 때였던 것 같다. 그때는 내가 지역문화진흥원에서 하는 동네책방 지원사업에 선정되어서 멘토링을 받고 있을 때였다. 1시간 넘게 지각한 멘토 덕분에 오픈 시각이 지나서도 계속 멘토링 대화를 해야 했다. 별 소득 없고 흥미도 없는 대화를 억지로 하는데, 그 손님이 오셨다. 커피를 주문하시고 구석 자리에서 책을 읽으셨다. 조용한 책방 분위기를 원하셔서 오셨을 텐데, 말소리를 듣게 해서 정말 죄송했다.

멘토와 나의 영양가 없는 대화는 계속됐고, 그 손님은 자리에서 일어났다. 미안해서 불편한 마음으로 빈 잔을 받고 인사하려고 일어났는데, 손님이 가방에서 뭔가를 꺼내셨다. 원두였다. 자신이 카페에서 일하는데, 거기에서 쓰는 원두라고 덧붙이시며 내가 커피를 좋아하는 것 같아서 선물로 주고 싶다고 하셨다. 감사했다. 많이 민망했고, 정말 감사했다.

내가 그저 "이거 받아도 되나요?... 감사합니다..." 이런 말을 하고 있자, 멘토는 "너무 감동적인 장면이네요. 얼굴 안 보이게 찍어도 되나요?"라며 호들갑을 떨었다. 심지어 손님에게 이 책방의 좋은 점이 무엇인지도 물어봤다. 그런 걸 물어보는 게

너무 부끄러웠다. 손님도 꽤 당황스러웠을 텐데, 의연하게 책 위에
손글씨로 써 붙인 추천사가 좋다고 대답하셨다.

　평소에 SF 소설을 읽지 않았는데, 이전에 방문했을 때
추천사를 읽고 끌려서 문목하 작가의『돌이킬 수 있는』소설을
구매했다고 하셨다. 그리고 그 소설이 너무 재미있어서 다음
날 오전 출근을 해야 하는데도 밤늦게까지 읽으셨다고 한다.
신기했다. 나도 그 책을 저녁때 읽기 시작했는데, 밤 깊어가는 걸
모르고 읽다가 잘 시간을 놓쳤었다. 그렇게 두근거리면서 읽은
책이 너무 오랜만이어서 손님들에게 추천하고 싶었다. 마음이
통했다. 내가 추천한 책이 다른 사람에게 닿았고, 몰래 책에
심어둔 마음까지 전해졌다. 행복했다.

　그때 멘토링까지 받으면서 기획한 지원 사업은 안산의
젊은 청년 상인에게 창업 과정와 꿈을 묻고 인터뷰집을 만드는
프로젝트였다. 인터뷰 대상자 모집이 가장 어려웠다. 내가 안산
출신이긴 하지만 마당발은 아니라서, 안산에서 점포를 운영하는
청년 대표를 찾는 게 쉽지 않았다. 그래서 매주 보내는 '수요일의
편지'에 인터뷰 대상자를 찾는다고 도움을 청했다. 구독자 중에
조건에 맞는 청년 대표를 아는 분이 있으면 나한테 알려달라고
부탁했다. 그랬더니 정말로 구독자 몇 분이 답장을 보내주셨다.
어디 카페, 어떤 공방, 무슨 돈가스집 등. 덕분에 나는 가게에
들어가서 대뜸 사장님께 "혹시 몇 살이세요? 안산 사세요?" 이런
질문을 하지 않아도 됐다. 심지어 한 구독자는 본인이 알고 있는

안산 청년 창업인 인터뷰를 소개하면서, 이런 콘셉트는 어떠냐고 제안하시기까지 했다.

그렇게 처음으로 인터뷰를 하게 된 곳이 고잔동에 있는 유명한 베이커리 카페였다. 나도 이전에 가본 적이 있었고, 수요일 에세이 읽기 모임의 창립 멤버인 M 님이 이곳의 빵을 나에게 선물해주신 적이 있어서 기억에 깊이 남은 곳이다. 이 카페의 인스타그램 피드를 3년 전 것부터 꼼꼼히 읽고 인터뷰를 준비했다. 그래도 막상 인터뷰 당일이 되니 너무 떨렸다. 일찍 가서 근처를 배회해도 긴장이 안 풀렸다. 얼어붙은 채 약속한 시각이 됐고, 카페 안으로 들어갔다. 그런데, 거기에 원두를 선물했던 그 손님이 있었다! 카운터 안에, 바리스타로! 그 손님이 일한다던 카페가 바로 여기였다. 긴장이 확 풀렸다. 이어진 대표님과의 인터뷰에서도 그 손님이 우리 책방에 대해 몇 번 이야기를 했었다고 해주셔서 긴장이 더 풀렸고, 그만큼 이야기도 잘 풀렸다.

뜻밖의 행운이라고 했지만, 사실은 여러 사람들이 마음을 써줘서 만들어진 행운이다. 비록 제대로 된 조언은 받지 못했지만, 이 손님에게 우리 책방의 좋은 점을 물어봐 주신 적극적인 멘토, 인터뷰 대상자로 베이커리 카페를 소개해 준 '수요일의 편지' 구독자분, 흔쾌히 인터뷰를 승낙해 주신 카페 대표님, 무엇보다도 우리 책방에 들러 책을 구매해주시고 일의 보람을 느끼게 해주신 바리스타 손님까지. 책방을 하면서 사람이 연결되어 있다는 것을 배우고 있다.

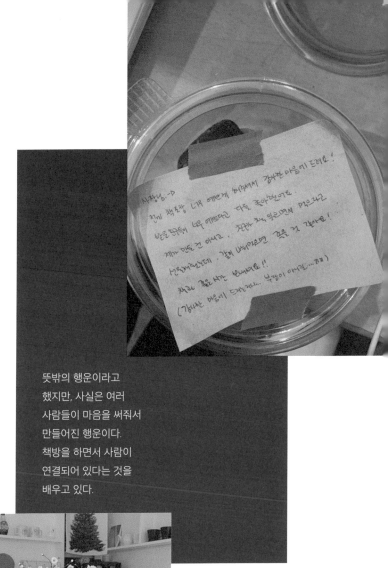

뜻밖의 행운이라고
했지만, 사실은 여러
사람들이 마음을 써줘서
만들어진 행운이다.
책방을 하면서 사람이
연결되어 있다는 것을
배우고 있다.

내가 박무늬라서 다행이야

어느 금요일 저녁 7시쯤 차례로 방문하신 손님 두 분에 대한 이야기. 손님 1이 들어왔다. 급하게 문을 벌컥 열고 들어와서 금방 나갈 분이라고 생각했다. 그런데 커피를 주문하실 때 앉았다 가시는지 물었더니, 그렇다고 대답했다. 그리고 굉장히 천천히 서가를 둘러봤다. 아마 그냥 걸음이 빠른 분인 것 같았다. 아니면 그저 어딘가 들어갈 때 거침없는 사람일지도 모른다.

연극 동아리 활동을 할 때, 현역에서 활동하는 선배의 연기 워크숍을 들었던 적이 있는데, 그때 걸음걸이가 얼마나 사람의 성격을 반영하는지 배웠다. 당시 같이 있던 한 언니가 말했다.

"무늬, 너는 엄청 빨리 걷지?"

나는 그 말에 놀랐다. 실제로 나는 걸음이 느린 편이다. 아마 그 언니에겐 내가 무척 급하고 진취적인 사람으로 보였나 보다.

손님 1은 들어올 때는 급해 보였지만 서가를 둘러볼 때는 무척 느긋했다. 그리고 나에게 주문할 때는 확실하고 또렷하게 말했다. 이렇게 관찰하고 생각하는 게 음흉해 보일 수 있다. 하지만 나라고 늘 이렇지는 않다. 이날은 저녁 7시까지 손님 없는 책방에 혼자 앉아있던 날이었다. 이런 날에는 아주 작은 단서를 가지고도 이야기를 만들어내고 싶어진다. 게다가 어쩐지 눈길을 끄는 분이었다. 손님 1은 테이블에 앉아서 커피를 마시며 책을 읽기 시작했다. 어떤 책을 읽는지는 보지 않았다. 손님들의 대화를 듣지 않는 것과 마찬가지로 지켜야 할 예의라고 생각한다.

그사이에 새로운 손님이 들어왔다. 손님 2는 느긋하게 문을 열었다. 그리고 후루룩 서가를 둘러봤다. 책방 찾는 손님들의 평균적인 속도였다. 손님 2는 『몽 카페(신유진, 시간의흐름, 2021)』를 손에 들고 카운터로 왔다. 전날 출간된 따끈따끈한 책이었다. 신이 났다. 『몽 카페』는 '시간의 흐름'이라는 출판사의 '카페 소사이어티' 시리즈 세 번째 책이다. 첫 번째 책 『카운터 일기(이미연, 2019)』와 두 번째 책 『단골이라 미안합니다(이기준, 2020)』도 굉장히 재미있게 읽어서 두 권 모두 책방에서 판매하고 있다. 그러니 세 번째 '파리의 카페' 이야기를 얼마나 기다렸는지 모른다. 출판사 인스타그램 계정을 팔로우하고 출간되기만을 기다렸다가 주문한 책이었다. 이 책을 바로 오늘 사가시다니...! 감격의 순간이었다.

당연히 이런 사소한 이야기들을 손님 2에게 하지는
않았다. 그저 "이거 어제 나온 책이에요. 저도 어제 읽었는데,
재미있었어요"라고 소심하게 말했다. 손님 2는 "아~ 그래요?
재미있을 것 같아서 골랐어요"라며 상냥하게 응답해주셨다.
거기에 신나서 나는 괜한 TMI를 또 흘린다.

"이 책 표지에 있는 여자는 '페넬로페 크루즈'래요. '오드리
헵번'처럼 보였는데... 오늘 알게 되어서요."

정말 어쩌라고다. 하지만 손님 2는 나의 행복에 찬물을
끼얹지 않았다. "아 진짜요? 와 감사합니다~"라고 친절히 답하고는
책을 챙겨 나갔다. 그리고 책방 바로 앞에서 기다리고 있던 차에
타셨다. 아, 누군가 손님 2를 밖에서 기다리고 있었나 보다. 느긋한
걸음걸이를 보고 오해했다. 내가 괜히 붙잡아뒀던 것 같아서
죄송한 마음이 들었다.
    잠시 후, 손님 1이 자리를 정리하고 일어났다. 책 두 권을
들고 카운터로 왔다. 이번에는 느긋한 발걸음이었다. 손님 1의
손에 들린 책은 한은형 작가의『당신은 빙하 같지만 그래서
좋다고 말하는 사람이 있어(한은형, 이봄, 2021)』와 다른 책 한
권이었다. 마침 내가 앉아있는 카운터 위에도 한은형 작가의
책과 톨스토이의『안나 카레니나(레프 톨스토이, 민음사, 2009)』가
놓여있었다. 손님 1은 내가 읽고 있던『안나 카레니나』을

가리키면서 물었다.

"『안나 카레니나』는 어떤 출판사 번역본이 괜찮나요?"

아니, 이렇게 멋있는 질문을 듣게 될 줄이야. 가진 지식은 비루하지만 솔직함이 무기인 나는 신이 나서 말했다.

"저는 제가 가지고 있는 민음사 것밖에 안 읽어봐서 어디가 제일 괜찮은지는 모르겠어요. 그냥 세트가 있길래 이걸로 구매했거든요."

나의 촐싹대는 대답에도 손님 1은 당황하지 않으셨다. 그리고 손님 1은 구매하려는 한은형 작가의 『당신은 빙하 같지만 그래서 좋다고 말하는 사람이 있어』 책을 가리키며 다른 말도 전했다.

"아직 『안나 카레니나』를 읽기 전인데 이 책을 읽어도 괜찮을까요? 책에 스포일러가 있더라고요…"

아, 너무 신나! 손님 1은 질문 잘하는 학원이라도 다니신 걸까? 그런 사교육이 있다면 나한테도 좀 가르쳐 달라고 부탁하고 싶은 심정이었다. 이런 마음을 꾹 참고, 나는 원래 『안나 카레니나』 읽을 생각이 없었는데 오히려 한은형 작가의 책을 읽고 나니

『안나 카레니나』가 읽고 싶어졌다고 구구절절 말하며, 스포당해도 괜찮을 것이라고 책을 옹호했다. 만족스러운 대답이었는지는 모르겠지만, 손님 1은 책을 사서 떠났다.

표지가 오드리 헵번이 아니라 페넬로페 크루즈라는 걸 말할 때 진심으로 행복했다. 내가 살아 있어서, 이걸 알고 있어서 다행이라는 생각까지 했다. 그리고 한은형 작가의 책과 『안나 카레니나』를 말할 때는 짜릿했다.

책방 문을 닫고 걸어서 집으로 갔다. 비가 오기 전이라 살짝 추웠지만 발걸음을 재촉하지 않았다. 일부러 질질 끌면서 걸었다. 아 행복해. 내가 박무늬라서 다행이야. 죽을 때 이 행복 끌어안고 가고 싶어. 이런 문장을 중얼거리면서.

내가 박무늬라서 다행이야.

죽을 때 이 행복 끌어안고 가고 싶어.

슬럼프를 극복하는 방법

어느덧 책방을 열고 9개월이 지나고 있었다. 첫 오픈 때는 가벼운
마음이었다. 용기만 가지고 무모하게 "한번 해보지, 뭐!" 하며
덤벼들었다. 해보고 아니면 금방 접을 생각이었다. 여는 데 도움을
준 가족들도 "하고 싶은 건 다 해봐라"며 응원해줬지만, 나의
변덕스러운 성격을 잘 알아서 "네가 하면 얼마나 하겠어"라는
말이 따라붙었다. 나도 나를 못 믿었다. 그래서 멋대로 1년이라는
인턴십 기간을 갖기로 했다. 일단 1년을 해보고 더 할지 말지,
그러니까 정직원 계약을 할지 말지 결정하기로 했다.

그렇게 임시계약직으로 책방을 열고 7개월 차에, 지속에
대한 고민이 깊어졌다. 스스로에게 약속한 1년은 채울 수 있을 것
같았는데, 2년은 못 할 것 같았다.

지금 생각해보면 그때가 슬럼프였다. 어차피 2년을 못
채우고 닫을 거라면, 더 정들기 전에 지금 책방 문을 닫는 게 낫지
않을까 진지하게 고민했다. 어디서 정량적 평가, 정성적 평가라는
말을 주워듣고 책방 주인으로서 나 스스로를 평가해봤는데,
역량이 부족하고 보잘것없었다. 내가 책방 주인이라는 역할을
잘 수행하지 못하는 것 같았고, 사업에 소질도 없는 것 같았다.
잘하지 못하는 일을 계속 붙잡아야 하는지 회의감에 빠졌다.
그렇게 마음이 복잡해지니까 책이 손에 안 잡히기 시작했다.
집중이 안 되어서 긴 글을 읽을 수가 없었다. 책을 못 읽게 되니
하루 종일 책방 안에 앉아있는 게 고역이었다.

그래서 혼자 제주도로 훌쩍 여행을 다녀왔던 것이다.
문제는 여행이 생각했던 것만큼 재미가 없었다. 서른 살까지는
한국에 살지 않을 거라고 다짐할 만큼 떠나는 것을 좋아하던
나였는데, 이젠 여행이 즐겁지가 않았다. 아름다운 바다를 보며
걸었고, 뛰어난 풍경을 옆에 두었고, 유명한 카페와 오래 자리를
지키고 앉아있는 책방에도 갔지만, 내 책방에 생기는 일들이
가장 재미있었고, 내 책방에서 마주하는 사람들이 가장 짙고
아름다웠다. 멀리 떨어진 곳에서 바라보니 내 책방이 소중하게
느껴졌다.

이 7개월 차의 짧은 제주 여행을 통해 더는 도망칠 곳이
없다는 깨달음을 얻었다. 못해도 재미있다는 걸 인정하니
마음이 아주 깨~끗해졌다. 회피하지 말고 책방을 오래 해보기로

결정했다. 생각해 보면 어떤 집단이든 잘하는 사람이 있고 못 하는 사람이 있다. 잘하는 사람들을 모아 새로운 집단을 만들면, 또 잘하는 사람과 못 하는 사람으로 나눠진다. 아무리 파이가 작은 서점 업계에서도 먹고 살 만큼 버는 서점들이 있다. 서점 업계에서는 그 정도가 탑티어(top-tier, 일류)다.

자, 인정하자. 나는 일류가 못 된다. 74세에 오스카 트로피를 손에 쥔 배우 윤여정 선생님이 말했듯, 모두가 일류가 될 수 없고, 그럴 필요도 없다. 잘하고 싶다는 욕심을 버리니 슬럼프에서 벗어났다.

못해도 계속하고 싶다. 이렇게 재미있는데, 1년은 무슨. 강산이 변한다는 10년까지는 모르겠고, 7년은 해보고 싶다. 그때가 되면 다시 고민해보겠지만, 지금은 가수 규현이 리메이크한 '7년간의 사랑'이라는 노래를 부르면서 미련을 뚝뚝 흘리며 헤어지는 게 꿈이 됐다. 그러려면 아래를 점한 채로 오래 가는 방법을 찾아야 했다.

내가 찾은 첫 번째 방법은 많이 쉬어가는 것이다. 일주일에 하루였던 휴무를 이틀로 늘리기로 했다. 화요일은 놀고 수요일은 쉰다. 취미가 일이 됐고, 좋아하는 것이 일이 됐다. 그리고 나니 책방이 나의 전부처럼 느껴졌다. 쉬는 날이 없는 게 당연하다고 생각했다. 매일 책방에 앉아 있으면서, 어느 순간 책방 주인이 아닐 때의 나를 상상하기가 어려워졌다. 자꾸만 책방 주인이라는 정체성에 집착하게 되고, 거기서 인정받고 싶어서 애를 썼다.

하지만 책방이 나의 전부는 아니다. 쉬는 날을 가지며 나의 삶의 균형을 맞춰야 했다.

그래서 이틀을 쉬어가기로 했지만, 내내 쉬니 좀이 쑤셨다. 쉬는 것보다 배우는 게 좋은 사람이라 언제나 꿈이었던 글쓰기 공부를 시작하기로 했다. 일주일에 한 번 열리는 글쓰기 아카데미에 등록했다. 그래서 화요일은 자아실현 하는 날, 수요일은 쉬는 날이 됐다. 그러니 일상에서 불만이 없어졌다. 생활에서 평균적인 만족도를 높이니 전직 생각이 사라졌다. 단골손님들도 "사장님, 이틀 쉬고 나서부터 얼굴이 되게 좋아 보이세요"라는 말을 종종 한다. 역시 돈을 많이 줄 수 없다면, 복지라도 좋아야 하는 거다.

파도는 한 방향에서만 치지 않는다

마음에 안정을 찾고 나니, 이제는 현실을 볼 차례였다. 지금의 수입으로는 책방의 월세와 관리비만 겨우 유지하는 정도다. 계속하기 위해서는 수입을 늘려야 했다. 아무리 내가 쓰는 돈이 적다고 해도, 숨만 쉬는 데에도 돈은 필요하다. 생존을 위해서는 최소한의 생활비라도 벌어야 한다. 가장 먼저 아르바이트를 다시 할까 생각했다. 2부에서 잠깐 이야기한 것처럼, 코로나19로 인해 경기가 침체됐던 겨울 동안 초밥집에서 야간 아르바이트를 했었다. 하지만 그때 체력 소모가 너무 컸다. 친절은 체력에서 나온다. 어떻게 찾은 내면의 평화인데, 이걸 양보할 수는 없다. 아르바이트 생각은 접었다.

지금 당장은 조금 힘들더라도, 책방 자체에서 얻을 수 있는 수입을 늘리는 방법을 생각했다. 오래 하고 싶다는 마음이 생기니 당장이 아니라 장기적인 관점에서 생각할 수 있었다. 먼저 글쓰기 모임의 확대를 꾀했다. 동네 주민의 요청으로 시작된 '자유롭게 글쓰기 모임'은 나를 포함해 4명으로 이루어진 소규모 모임이다. 분위기도 좋고, 독서 모임이나 와인 모임과 다르게 내 에너지가 충전되는 기분이다. 우리 책방의 분위기, 그리고 나의 기질에는 글쓰기 모임이 가장 적합한 것 같다. 나도 점점 욕심이 생겨서 따로 글쓰기 아카데미를 다닐 정도가 됐으니까. 이 모임이 4개월째 꾸준하게 지속되니, 글쓰기 모임 추가 모집과 독립출판클래스에 대한 요청이 꽤 많아졌다. 새로운 파도가 친다! 글쓰기 모임 방향으로 수익 증대를 할 수 있을 것 같다. 오는 파도를 타야 한다.

하지만 여러 가지 걸림돌이 있었다. 가장 먼저 내 능력치가 걸림돌이 됐다. 현재의 글쓰기 모임은 무료로 진행하고 있는데, 돈을 받고 모임을 열만큼 가치 있는 시간을 만들 자신이 없었다. 독립출판클래스도 마찬가지다. 그리고, 책방의 지금 모습도 워크숍을 진행하는 데에는 적합하지 않다. 10평 남짓한 작은 공간에 카페를 병행하고 있어서 테이블이 부족하고, 1층인 데다가 한쪽 벽이 전면 유리라 너무 오픈되어있다. 모임을 하며 늦게까지 열기 무섭다(실제로 밤에 술 취한 아저씨가 문을 열고 들어와 바지를 내린 적이 있다).

업종에 대한 고민도 생겼다. 카페는 잘 되려면 문을 계속 열어야 한다. 하지만 글쓰기 모임이나 출판 클럽을 하면 영업시간

내에 카페를 닫아야 하는데, 그러면 이것도 저것도 제대로 하지 못하는 상황이 된다. 이런 여러 가지 제약들 때문에 자연스럽게 시즌2를 꿈꾸기 시작했다. 지금 책방 임대차 계약이 끝나면, 2층이나 3층으로 올라가서, 커피를 팔지 않고 글쓰기 모임과 출판 클럽을 열며 책에만 집중하고 싶다는 계획이었다.

　　이런 생각을 하는 와중에 여름이 왔고, 날은 점점 뜨거워졌다. 어느 순간부터 커피 손님이 많아졌다. 심지어 갑자기 '스페셜 커피'가 매진되기 시작했다. 이건 또 예상하지 못했던 파도다. 책방을 처음 열 때는 책을 보는 손님들이 간단하게 마실 수 있는 정도를 원해서 작은 전자동 커피 머신을 두려고 했었다. 하지만 기계 소리가 너무 시끄러울 것 같아서 핸드드립 커피를 시작했다. 그리고 돈을 받고 파는 거니까 제대로 팔아야 한다는 생각에 커피 학원에 다녔다. 열심히 배웠고, 음식과 술을 좋아하는 나는 커피 맛을 잘 봤다. 게다가 돌아다니는 것도 좋아해서 쉬는 날만 되면 맛있는 커피를 마실 겸 '수요일의 편지'에 쓸 소재를 얻기 위해 혼자 카페 투어를 다녔다.

　　맛있는 커피를 발견하면, 이 맛을 책방에 오는 손님들께도 알려드리고 싶어서 원두를 사 와 책방에서 팔기 시작했다. '이번 주의 스페셜 커피'라는 이름으로 한 팩(200g)을 두고 팔았는데, 점점 이 '스페셜 커피'를 찾는 사람이 많아진 것이다. 찾는 손님이 많지 않아도, 다시 오시는 분들은 꼭 "여기 커피가 맛있어서 또 왔다"고 말씀하셨다. 근처 카페 사장님이나 바리스타처럼 커피

관련 업종에 근무하는 사람들도 찾아오셨다. 이젠 스페셜 커피를 위해 원두를 두 팩을 사도 부족해졌다. 단골 손님들에게 나의 시즌2 계획을 말하면, "옮기는 건 좋은데, 커피는 계속하셨으면 좋겠어요. 사장님 커피 맛있는데…"라며 아쉬워했다.

책방 수익을 유지하는 건, 8할이 커피의 힘이었다. 이런 상황에서 커피를 안 팔고 책과 글에만 집중하겠다는 건 말도 안 된다. 내가 원하는 방향에서만 바람이 불지는 않는다. 그냥 파도가 치면 올라타기로 했다. 커피는 병행하되, 책방은 옮기기로 했다. 대중교통이 불편해서 주요 고객층인 20~30대가 오기 힘들고, 커피 손님이 많아진 만큼 책과 공간 분리가 필요했기 때문이다.

아무것도 모르고 처음 시작했을 때와 다르게, 지금은 좋아하는 것과 잘하는 것을 알게 됐다. 차근차근 시즌2를 준비했다. 그런데, 갑자기 다른 파도가 또 생겼다. 그것도 엄청나게 큰 파도가.

단단하고 큰 나무가 되고 싶다

책방을 옮기기로 마음을 결정하고, 지금 책방에 아쉬움을 느낄 때마다 시즌2의 조건을 다이어리에 적었다. 그리고 심심하면 네이버 부동산을 탐색했다. 아는 가게가 부동산에 올라오면 언니에게 "언니, 그 식당 내놨더라? 아쉽다. 거기 맛있었는데" 혹은 "그 스튜디오 가게 내놓았어. 그럴 줄 알았지. 거기 우리 아버지가 인테리어 공사했는데 잔금 안 치르고 내뺐다는 거기지? 이래서 사람은 마음을 착하게 써야 한다니까" 둥의 말을 하며 떠들었다.

　마음에 드는 가게를 찾으면, 내가 받을 대출의 금액을 생각하고 계획을 세웠다. 그렇게 부동산 탐색이 취미가 됐는데, 어느 날 중앙역 근처의 한 서점 겸 카페가 가게를 내놓은 걸 봤다. 평소처럼 언니에게 카카오톡으로 링크를 보내면서 "언니, 여기

알아? 서점 겸 카페 하는 곳인데, 나랑 비슷한 날짜에 오픈했는데 가게 내놓았네. 역시 유지가 어렵지... 한번 가보지도 못했는데, 아쉽다"라고 말했다. 보증금과 월세를 보면, 내가 꿈도 꾸지 못할 곳이었다. 심지어 권리금까지 있었다.

그런데, 그날 저녁 퇴근해서 집에 돌아가니 언니와 엄마가 그 서점 겸 카페에 대해 말하고 있었다. 시설에 비해 권리금이 저렴하고, 위치도 역에서 가깝고, 무엇보다 넓고 깔끔해서 좋다는 것이다. 당황스러웠다. 그래서 어쩌라고? 먹지도 못할 떡을 왜 꿈꾸나 싶었다. 나는 당장 배가 고파서 밥이나 먹었다. 그런데 이야기가 이상하게 흘러갔다.

언니는 가게가 괜찮으면 자신이 보증금을 내준다며 한번 보러 가자고 했다. 역시 배포가 크다. 멋지다. 하지만 언니가 멋있다고 동생까지 멋진 건 아니다. 윗물이 맑아야 아랫물이 맑다고 하지만, 윗물이 맑아도 아랫물이 흐릴 수 있다. 나는 배포가 크지 못하다. 통장의 하루 이체 한도가 겨우 30만 원이다. 큰돈을 받아서 장사를 할 만큼의 배짱이 없다.

지금의 안온한 빈곤이 만족스러웠다. 돈 벌면 걱정만 늘어난다고 믿는, 별명이 선비인 사람이다. 무엇보다 책방에서 생긴 느슨하지만 선명한 관계들이 너무 소중했다. 지금의 공간을 과거로 만들 준비가 안 됐다. 이렇게 정에 집착하는 척 현재에 안주해버린 나에게 엄마는 한번 직접 보기라도 해야 한다고 하셨다. 하고 싶은 일도 계속하려면 먹고 살만큼은 벌어야 하는 거라고 하셨다. 이 말은 타격이 좀 컸다. 맞는 말이다. 채찍을 주시더니, 바로 당근을 주셨다. 원래 돈은 투자하는 만큼 버는 거라며 권리금을 내주시겠다고 했다. 그리고 언니와 엄마는 투자금으로 매달 총 수익(순수익이 아니다)의 10%씩 가져간다고 했다. 다들 장사를 하는 사람들이어서 그런지, 계산이 빨랐다.

다음 날, 보러 갔다. 괜찮았다. 솔직히 좋은 곳이었다. 지금 책방은 혼자 오는 손님들이 앉는 바 테이블이 좁아서 노트북을 놓기가 어렵다. 혼자 오는 손님이 대부분인데, 배려를 하지 못해서 매번 죄송했다. 매물로 올라온 그 서점 겸 카페는 책보다 카페에 집중한 곳이어서, 바 테이블이 넓었다. 그리고 단체 테이블도 있어서 모임을 열기에도 좋아 보였다. 심지어 비품 창고가 있었다. 내 책방에는 컵이나 포장 용품, 무료 배포 책자와 이달의 선물 등을 보관할 장소가 없어서 박스 채로 구석에 쌓고 있었다. 그런데, 비품 창고라니... 상상하지 못했던 쾌적함이다.

가장 큰 장점은 넓어서 공간 분리가 가능하다는 점이다. 지금 책방은 공간을 아끼느라 책 진열대 앞에 좌석이 있어서, 사람이 앉으면 거기에 있는 책은 볼 수가 없다. 처음 공간 계획을 세울 때 이 부분까지는 미처 생각을 못 했다. 그래서 내부 인테리어 공사를 해서 바꾸는 것도 생각했지만, 시즌2를 생각하며 나중을 기약했다. 이와 달리 그 서점 겸 카페는 카운터를 제외하면 약 30평이었다. 내부 인테리어 공사를 하지 않고도 충분히 공간 분리가 가능한 것이다.

보고 와서 생각이 더 많아졌다. 그날 밤은 잠이 잘 안 왔다. 자신이 없었다. 다시 처음부터 시작해서 새로운 얼굴을 마주하고, 낯섦을 느끼고, 새로운 생활 루틴을 만들고 거기에 익숙해지고, 안정감을 찾을 자신. 그때까지 또 얼마나 많은 속상함을 겪고 무너져야 할지. 많은 걸 새로 익히고 배워야 한다. 걱정이 많아져서 밤에는 잠도 잘못 잘 거고, 대출을 받으면 빚을 갚기 위해 뼈 빠지게 일하고 돈을 벌려고 애써야 한다. 잘할 수 없을 것 같았다.

그렇게 다음 날이 됐다. 7월 중순, 출근길이 참 더웠다. 언니에게 가게를 이전하지 않겠다고 말하려고 전화를 했다. 그런데, 왜냐고 물으니 할 말이 없었다. 너무 더워서, 밖에는 할 말이 없었고, 어떤 것도 납득할 만한 이유가 없었다. 위에서 말한 변명들은 모두 시즌2를 열면 어쩔 수 없이 당면할 과제들이다. 적당한 핑계가 없어 전화를 끊고, 일단은 오픈 청소를 했다.

햇빛을 쬐어주러 화분들을 밖으로 내놓는데, 레몬 나무가 보였다. 책방을 열 때 산 나무 화분이다. 해가 잘 들지 않아서 그런지 잘 자라지 않았다. 영양제를 맞으며 겨우 10월을 버티더니, 겨울이 되자 얼어 붙어버렸다. 식물등을 사서 빛을 쬐어주기도 했지만 어떤 변화도 없이 정지했다. 그러다 봄이 왔고, 초록색이던 열매가 노란색으로 변했다. 열매를 따서 속을 열어보니 작지만 잘 익어 있었다. 봄이 끝날 무렵에 잎이 하나둘 떨어지더니 앙상한 가지만 남았다. 속상하고 섭섭해서 책방 구석에 밀어 두었는데,

며칠이 지나자 꽃을 피웠다. 꽃잎이 떨어지니 여름이 됐다. 새잎들이 돋아나서 이젠 제법 나무다워 보인다.

'잘하지 못해도 오래 하고 싶다', '아래를 점한 채로 오래가는 방법을 찾자'는 다짐은 슬럼프를 극복하게 해주고, 마음의 평화를 줬다. 하지만 잘 할 수 있는 기회 앞에서는 두려움을 만들었다. 스스로의 한계를 만들어 놓고 그 안에서 만족했던 걸지도 모른다. 레몬 나무의 생명력이 의외로 강했던 것처럼, 나도 9개월을 운영하면서 겨울을 버티고 봄에는 꽃을 피우고 여름에는 새잎을 틔우는 사람이 됐다. 제법 나무다워졌다. 그래서 결심했다. 단단하고 튼튼한 나무가 되어 더 많이, 더 좋은 걸 줄 수 있는 책방이 되기로 했다. 그러기 위해 분갈이를 하기로 했다.

2021년 8월 23일을 끝으로 첫 번째 무늬책방은 문을 닫았다. 다시 새로운 시작이다.

4. 무늬책방 시즌2

변화 앞에서 제법 든든한 사람

무늬책방 시즌1을 닫고 시즌2를 마침내 열었습니다. 어느덧
새로운 곳에 자리 잡고 시간이 흘렀네요. 핸드드립으로 내리던
커피를 머신으로 만들게 됐어요. 오븐이 생겨서 디저트 메뉴도
생겼습니다. 이젠 책을 읽다 허기진 배를 채울 수 있어요.

　　책방이 꽤 넓어져서 제가 있는 공간과 손님의 공간이
분리됐습니다. 그만큼 서가도 커졌고, 책이 많아졌습니다. 제
마음에도 여유가 생겨서 잘 안 팔릴 것 같은 두툼한 책들을 몇 권
들였습니다. 손님들이 앉을 수 있는 테이블과 좌석도 많아졌어요.

　　이사하고 얼마 안 되어서 친구와 친구 애인이 방문한 적이
있습니다. 그때 친구 애인은 요즘 카페는 낮은 테이블이 많아서
작업하기가 불편한데, 여기는 테이블의 높이가 작업하기 좋다고

몇 번이나 말했습니다. 어떻게 구겨 앉아도 허리가 아프지 않은 저는 미처 생각하지 못했던 부분인데, 운이 좋았어요. 바르게 앉아서 공부도 하고, 일도 하고, 책도 읽을 수 있는 자리가 열 개가 넘습니다. 제 행운이 자랑스러워요.

그리고 저처럼 내 방 밖에서는 한껏 움츠러들고 싶은 사람들을 위한 푹신한 소파도 있습니다. 앉으면 몸을 구겨서 눕고 싶어지는 포근한 쿠션으로 되어 있습니다. 교통으로 말할 것 같으면, 지하철역에서 가까운 곳이라 멀리 사는 친구들과 손님들도 맘만 먹으면 쉽게 들렀다 갑니다.

흠, 이 정도면 집들이 구경은 충분한 것 같아요. 그렇죠? 이사한 집 구경을 다 했으면, 이제 "어떻게 지내? 이사한 집은 살만 해?"라는 정다운 질문에 답할 차례입니다.

공간은 달라졌지만, 사실 일이나 저의 생활에는 큰 변화가 없습니다. 여전히 수요일에는 편지를 보내고, 추천사를 쓰기 위해 책을 부지런히 읽습니다. 가끔 모임을 열고요. 잘 맞는 손님들을 만나기도 하고, 빨리 잊고 싶은 사람들을 마주하기도 합니다. 모든 걸 새롭게 다시 시작해야 한다고 두려워했던 시간이 무색할 정도로 또다시 반복되는 일상입니다.

지난 10월에는 무늬책방 오픈 1주년을 맞이했습니다. 어느 생일이 그렇듯 어떤 일이 일어날 것 같았지만, 아무 일도 없이 조용히 지나갔어요. 다행입니다. 평소와 같은 보통 날을 맞이할 수 있어서요. 그럼에도 아직도 지겹거나 권태롭지 않아서 고마울

뿐입니다. 마냥 감사하다고 1주년을 버틴 소감을 말하고 있는데,
한 손님이 물어봤습니다.

"앞으로는 어떤 책방이 됐으면 좋겠어요?"

적절하지만 대답하기 어려운 질문입니다. 먼저 떠오른
것은 이 지역에 필요한 책방의 역할입니다. 책방이 지역 주민을
연결하는 로컬 커뮤니티의 역할을 하면 좋을 것 같습니다. 하지만,
안타깝게도 저의 성격과 역량으로는 어렵습니다. 지난 1년간
그러려고 할 때마다 마음을 삐끗했어요. 다행스럽게도 안산에는
이미 그런 역할을 하고 있는 동네 책방이 있습니다. 할 수 없는
것을 이루려고 애쓰지 않으려고요.
　저의 책방이 되고 싶은 것은, 이 지역이 아니라 제게 필요한
것이 되어야 합니다. 저는 이곳에 들어온 사람들이 자신이
존엄하다 느낄 수 있는 공간이 됐으면 좋겠습니다. 매일 문을 열고
닫는 저 자신도요. 수많은 타인의 눈이 두려워질 때, 소외됐다는
느낌을 받을 때, 잠시 앉아 한숨을 돌릴 수 있는 자리를 마련하고
싶어요. 때로는 오늘 성취하고자 한 것을 할 수 있는 작업실이
되기를 바랍니다. 그렇게 나에게 의미를 부여할 수 있는 공간이
제겐 필요합니다.

"그러면 어떤 사람이 되고 싶어요?"

이 질문에는 쉽게 답할 수 있었습니다. 일기를 쓰는 밤마다 생각하거든요. 현재에 충실하며 변화를 두려워하지 않는 사람이 되고 싶습니다. 책방을 열고 계획이라는 것을 믿지 않게 됐습니다. 제가 감히 예상할 수 없는 것들이 너무 많아요. 이 책만 해도 그렇습니다. 처음에는 준비로 시작해서 창업하고 운영을 하는 것으로 마무리하는 책을 상상했는데, 쓰다 보니 예상치 못한 방향으로 흘러갔습니다. 준비 과정으로 시작해서 또 다른 준비를 하는 것으로 끝나는 글이 됐어요. 책방을 열고 마주한 세상은 제가 헤아릴 수 없는 것들로 가득한 미지의 세계입니다. 잴 수 없는 것들이 너무 많아서 이세계(異世界)에 떨어진 것 같아요. 기존의 저를 구성하던 규칙들이 모두 통하지 않습니다.

시즌1을 마무리하기 일주일 전, 단골 손님이 오셔서 말씀하셨습니다.

"시즌1을 닫는다고 하셔서 그전까지 매일 오자고 여자친구랑 이야기했어요. 시즌2 시작하면 또 자주 갈게요."

이 손님들은 정말로 시즌2를 여는 첫날에 와 주셨습니다. 이런 마음의 크기는 잴 수가 없어요. 더운 날에 주변에 아무것도 없는 책방에 자전거를 타고 찾아와 주신 정성의 무게, 책을 주문하고 그에 맞게 현금을 준비해서 찾으러 오시기까지 들인 시간, 도망치고 싶은 날 이곳에 와서 앞으로 더 걸어갈 수 있는 발바닥의 힘을 얻어 간다는 손편지의 글자 수 같은 것은 제가 감히 손가락을 접어 셈할 수가 없습니다. 두 번째 혹은 세 번째 방문하는 발걸음, 친구들에게 소개하고 싶어서 함께 왔다는 말, '수요일의 편지'를 읽고 일부러 멀리 타지에서 찾아오시는 분들의 설렘 같은 것도요. 제가 가진 어떤 마음의 자도 감히 갖다 댈 수가 없습니다.

그래서 받은 것들을 재고 따지며 줄 것을 계획하기보다는, 잊지 않기 위해 기록하는 사람이 되고 싶습니다. 앞으로 또 어떤 세계에 떨어질지 모르지만 어디에 가도 잘할 자신이 있어서 겁나지 않습니다. 이렇게 저를 단단하게 만들어준 책방 손님들께 쑥스러워서 미처 하지 못한 말이 있습니다. 이 자리를 빌려서 꼭 말해야겠습니다. 저의 손님이 되어 주셔서 진심으로 감사합니다. 제 일의 자리에 당신들이 있어서 행복합니다. 십의 자리, 백의 자리, 천의 자리도 응원해주세요.

변화 앞에서 제법 든든한 사람이 되고 싶습니다. 제 글을 읽어주시는 분들이 무언가를 무턱대고 시작할 용기를 얻기를 바랐습니다. 하지만 다른 것을 느끼신다면 그 또한 기쁠 겁니다. 저의 독자가 되어 주셔서 감사합니다.

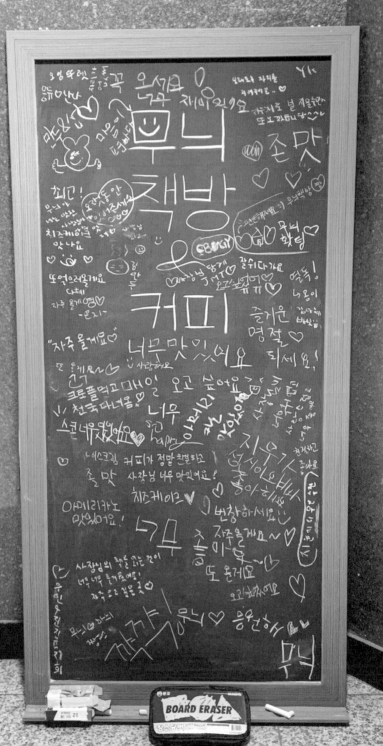

"여행을 다닐수록 내가 얼마나 여행을 좋아하는
사람이었는지 잊었던 감정들이 떠올라다. 세상을 따라
살아가다 보면 자신을 잊어버리기가 쉬운 것
같다. 내가 뭔갈 잃어버리고 있다는 자각조차 하지
못한 채, 그러다 문득 훗날에 내가 놓치고 있는 것을
깨닫는 순간이 오기도 한다. 나는 바이크를 타면서
그런 전환점을 만난다."

이 책은 바이크를 좋아하는 김꽃비 배우가 바이크에
대해 이야기하는 책입니다. 그래서 읽으면서 바이크에
대해 몰랐던 사실들을 알게 됩니다. 그리고 다 읽고
나면 나에게 '바이크' 같은 것은 무엇인지 생각하게
됩니다.

저는 이런 책을 좋아합니다. 저의 경험의 지평을
넓히면서, 내가 가진 것을 돌아보게 만드는 책이요.

저에게 '바이크'는 책방이었습니다.

내가 잃어버리고 있는 것은 무엇인지, 과거의 내가
무엇을 좋아했고, 지금은 어떤 것을 사랑하는지.
생각 없이 쌓아 올린 나의 매일이 무엇이 되었는지.
어떤 사람에게 저항 없이 빠져 버리고 마는지, 그리고
어떤 이야기에 감동을 느끼는지. 이런 것들을 깨닫게
해준 전환점이 책방을 여는 것이었어요.

당신에게는 무엇이 전환점이었나요?
아직 찾고 있다면 읽어보세요.

백방기기를 이용하기

대외 비개인 것들을 확인했다면 주의사항도 읽어보세요. 주의사항이 없는 책은 재방지기에게 물어보세요. 카운터에 있는
백방기기에게 직접 내용을 물어보세요. 구체적으로 들어보시면 상세하게 답하고, 포괄적인 감상을 물어보시면 그에 맞게
답할 겁니다. 백방기기가 내 옷을 입고한 뒤로서 반드시 있으니, 편히 물어보세요.

♡ baby

무늬책방 투자자, 무늬 언니 하늬

파도치는 우울 속에 빠져 잠들었던 어느 저녁, 여전히 익숙하지 않은 아이폰 기본 벨 소리가 잠을 깨웠습니다. 발신인은 무늬였습니다. 저녁 무렵이었는데 제 정신은 마치 새벽 3시에 일어난 사람처럼 피곤했어요. 그래서 자세한 내용은 기억나지 않지만, 그 통화의 결과로 저는 지금 추천사를 쓰게 됐습니다.

며칠 동안 우울에 빠져 지내던 사람이 내린 결정이라기엔 지나치게 훌륭하다고 생각합니다. 남들보다 앞서 좋은 글을 읽게 되는 경험은 쉽게 할 수 없으니까요. 심지어 저는 이 책의 초안을 무늬책방에 앉아서 읽는 호사를 누렸습니다. 물론 유럽의 노천카페에서 에스프레소 한 잔을 시켜놓고 앉아 햇살을 받으며 읽었다면 좋았겠지만, 무늬책방이 차선책 중에 가장 완벽한 선택지였다는 걸 이 책을 읽는 모든 분들이 공감해주시리라 믿습니다.

저는 무늬 작가의 팬이지만 그보다 근본적으로 그가 글 쓰는 행위 자체를 좋아합니다. 언젠가 제게 '글을 쓰지 않으면 죽을 것 같아서 글을 토해낸다'라고 한 적 있었지요. 그래서 저는 작가의 글쓰기가 좋습니다. 제가 세상에서 가장 사랑하는 존재를 세상에 버티게 해주는 게 바로 글이니까요.

책방 투자자로서 추천사를 써달라고 했지만, 사실 저는 그냥 언니로서 당신이 굉장히 멋지고 재치 있는 작가라 생각하기 때문에 추천사를 씁니다. 멋진 문장을 쓸 수 있는, 위트 넘치는 작가 동생을 가진 언니의 자랑스러움도 한 스푼 섞어 이 책을 추천합니다.

이 책은 책방이라는 특수성을 사부작사부작 지워내 나의 현실에 슬쩍 끼워두는 작품입니다. 분명 책방에서 일어나는 에피소드인데 왜 그 일상에 모두 공감 가는지 모르겠습니다. 작은 실패와 큰 절망, 소소한 다정함과 좋은 대화들이 모인 순간을 기록한 글이라서 그럴지도 모르겠네요. 우리는 모두 그렇게 살아가고 있으니까요.

그러니 매일을 평범하게 살아가는 우리들에게 이 책을 추천합니다. 평범함이 무늬를 남기는 공간이, 여기 있어요.

✳

무늬 친구 원소정

"무늬의 글에서는 한여름의 냄새가 나" 같은 말을 하면 무늬가
첫 문장에 풉 하고 웃을 것만 같아 쓰기를 고민했지만, 포기할 수
없었다. 무늬는 한여름같이 분명하고 인상적인 사람이다. 따라서
그녀가 쓰는 글 또한 그렇다.

한여름은 포근하지 않고 모든 일을 쉽지 않게 만든다. 하지만
그렇게 더운 만큼 "우리의 올여름은 강렬했지, 못 잊을 거야"
따위의 말을 할 수 있게 한다. 우리의 기억 속 한여름은 언제나
진하게 남는다.

이러한 여름 속성의 사장님 때문에 우리는 무늬책방으로부터
기분 좋은 기억 조작을 당할지도 모른다. 시즌1 무늬 책방은 그저
작지만 정갈했고 커피 향이 감미로웠던 곳으로, 시즌2는 넓은데도
포근한, 모든 것이 완벽한 곳으로 내 기억 속에 어느새 자리하고
있었다. 여러분도 아차 하는 순간 그에게 당할지도 모른다.

무늬를 한 번이라도 겪은 사람이라면 그를 기억할 수밖에
없다. 그리고 이런 추천사를 쓰고 있는 나는 여름 속성 그녀의
글에 또 당했다 싶기도 하다.

✳

무늬책방 손님 이나래

무늬책방과 박무늬 씨를 애정 하는 팬이다. 무늬책방을 처음
방문한 건 2021년 2월, 겨울이었다. 처음에는 그저 책이
목적이었다. 그 다음은 공간이 좋아서, 다음은 그의 다정함이
좋아서. 자꾸만 발을 이리로 옮겼다.

　　나는 금세 그의 애정과 취향이 묻어나는 공간에 젖어들었다.
특히 그의 애정이 가득 느껴졌던 건 책 위에 손으로 쓰인
추천사였다. 재밌게 읽은 책을 추천하고 싶은 마음에 한 장, 한
장 써내려갔을 모습을 생각하니, 그의 마음이 가득 느껴지는 것
같았다. 그래서 나는 주로 추천사가 붙은 책을 구매했고, 그의
애정 덕분인지 항상 재밌게 읽었다.

　　책방에 갈 때면 무늬 씨는 언제나 내게 반갑게 인사를 건넸다.
갈 때마다 이야기를 나누고는 했는데, 짧은 대화 속에서 늘 사람을
대하는 다정함이 묻어 나와 자꾸만 말을 걸고 싶었다. 그의
다정함은, 힘든 날이면 나의 마음을 달래줄 만큼 따뜻했다. 그래서
나는 자주 이곳을 찾았고, 언제나 좋은 에너지를 얻었다.

　　누군가를 위로할 만큼 따뜻한 공간을 만드는 데까지 얼마나

많은 노력이 필요했을까. 그런 그의 노력과 사랑이 담긴 글을 읽으니 나의 꿈을 떠올려보게 된다. 누군가 내게 좋아하는 일을 하며 살 수 있냐고 묻는다면, 나는 이 책을 건네고 싶다.